A MAGIA DE CADA COMEÇO

OBRAS DO AUTOR PUBLICADAS PELA EDITORA RECORD

Com a maturidade fica-se mais jovem
Demian
Francisco de Assis
O jogo das contas de vidro
O Lobo da Estepe
Sidarta
A unidade por trás das contradições: religiões e mitos

TRADUÇÃO DE LYA LUFT

HERMANN HESSE

A MAGIA DE CADA COMEÇO

1ª edição

EDITORA RECORD
RIO DE JANEIRO • SÃO PAULO
2022

CIP-BRASIL. CATALOGAÇÃO NA PUBLICAÇÃO
SINDICATO NACIONAL DOS EDITORES DE LIVROS, RJ

H516m

Hesse, Hermann, 1877-1962
A magia de cada começo / Hermann Hesse ; tradução Lya Luft. - 1. ed. - Rio de Janeiro : Record, 2022.
184 p.

Tradução de: Jedem Anfang wohnt ein Zauber inne
ISBN 978-65-5587-477-8

1. Hesse, Hermann, 1877-1962 – Filosofia. 2. Escritores alemães - Biografia. 3. Biografia como forma literária. I. Luft, Lya. II. Título.

22-79700 CDD: 80993592
CDU: 82-94

Meri Gleice Rodrigues de Souza - Bibliotecária - CRB-7/6439

Revisão de tradução e adaptação dos poemas: Rafael Silveira

Texto revisado segundo o novo Acordo Ortográfico da Língua Portuguesa.

Impresso no Brasil

ISBN 978-65-5587-477-8

EDITORA AFILIADA

Sumário

CADA SER HUMANO NÃO É apenas ele mesmo, é também o ponto único, todo especial, sempre importante e singular, onde os fenômenos do mundo se cruzam uma única vez e, dessa forma, nunca mais. Por isso a história de cada ser humano é importante, eterna, divina. Por isso cada ser humano, enquanto viver e cumprir a vontade da natureza, é maravilhoso e digno de todo cuidado. Em cada um, o espírito se tornou forma; em cada um, a criatura sofre; em cada um, um salvador é crucificado...

A vida de cada pessoa é um caminho para si mesmo, a tentativa de um caminho, a insinuação de uma trilha. Nenhum ser humano jamais foi inteiramente si mesmo, mas cada um de nós luta para tornar-se si mesmo. Alguns de maneira apática, outros, de modo mais leve, cada um como pode. Cada um carrega até o fim restos de seu nascimento, a linfa e a casca de seu ambiente original, primitivo. Muitos nem se tornam humanos, permanecem sapo, lagartixa, permanecem formiga. Muitos são em cima humanos, embaixo peixe. Mas cada um é um esforço da natureza em busca do humano. As origens de todos nós são comuns, as mães, todos saímos do mesmo orifício; mas cada um se esforça, num esforço e empenho das profundezas, na direção de suas próprias metas. Podemos entender uns aos outros, mas cada um só pode interpretar a si mesmo.

Um pedaço da infância, que, como me parece, a maioria das pessoas perde por completo, é a ânsia pela verdade, o desejo de uma síntese das coisas e de suas causas, o anseio por harmonia e posse intelectual segura. Sofri com incontáveis dúvidas sem resposta e descobri aos poucos que, para o adulto a quem eu interrogava, muitas vezes minhas perguntas pareciam desimportantes, minhas aflições, incompreensíveis. Uma resposta que eu reconhecia como evasiva ou até sarcástica muitas vezes intimidava minha alma de volta a seu antro de mitos, que aos poucos se abalava.

Como seria muito mais séria, pura e respeitável a vida de muitas pessoas, se mantivessem em si para além da juventude algo dessa busca e da indagação pelo nome das coisas! O que é o arco-íris? Por que o vento sussurra? De onde vêm a seca e o reflorescer, de onde vêm chuva e neve? Por que somos ricos e o vizinho Spengler é pobre? Para onde vai o sol quando anoitece?

O ser humano vivencia o que lhe é destinado em toda a nitidez e frescor só nos primeiros anos da juventude, mais ou menos até treze ou catorze anos, e se alimenta disso pelo resto de sua vida.

Não há nada de mais maravilhoso e mais incompreensível e nada que nos será mais estranho e nem que terá sido perdido mais completamente do que a alma de uma criança que brinca.

Crianças têm coração generoso e conseguem, pela magia da fantasia, esconder lado a lado na alma coisas que na cabeça dos mais velhos desencadeiam as mais acirradas batalhas e cisões.

Menininho

Se fui castigado,
não reclamarei,
Se o sono vem chorado,
Melhor acordarei.

Se fui castigado,
chamado de bebê,
quero não ter chorado,
mas sim rir e adormecer.

Morre gente grande,
Meu tio, meu avô,
Eu, não obstante,
Sempre aqui estou.

Dos tempos de criança

O BOSQUE MARROM AO LONGE traz, desde há poucos dias, um brilho mais alegre de verde fresco; hoje encontrei na ponte Lettensteg os primeiros botões entreabertos de prímulas; no céu claro e úmido sonham as doces nuvens de abril, e os campos amplos, récem-lavrados, são de um castanho tão reluzente e se estendem no ar morno tão voluptuosos que é como se ansiassem por ser semeados e germinar, testar suas forças mudas em mil embriões verdes e em caules crescentes, como se quisessem sentir e se doar. Tudo aguarda, tudo se prepara, tudo sonha e desabrocha numa febre de existir delicada que se insinua sutilmente — no embrião para o sol, na nuvem para a terra, na grama fresca para o vento. Ano após ano nessa época eu espreito, cheio de impaciência e nostalgia, como se algum momento especial me tivesse que revelar o milagre do renascimento, como se tivesse de ocorrer uma vez que eu, por uma hora, enfim visse e entendesse plenamente e testemunhasse a revelação da força e da beleza, de quando a vida brota da terra, sorridente, abrindo para a luz grandes olhos jovens. Ano após ano passa por mim, com sons e aromas, esse milagre amado, venerado — e incompreendido; aí está ele, não o vi chegar, não vi as sementes eclodirem nem vi o primeiro filete delicado tremular à luz. De repente há flores por toda parte, árvores brilham com ramagens claras ou florações brancas aveludadas, pássaros se atiram rejubilantes em lindos arcos pelo azul cálido. O milagre se realizou, ainda que eu não o tenha visto, bosques se curvam, copas distantes chamam, é hora de pegar botas e bolsa, vara de pescar e remos e desfrutar, com todos os sentidos, a nova estação, cada vez mais bonita e parecendo passar cada vez mais depressa — como parecia longa, inesgotavelmente longa uma primavera outrora, quando eu ainda era um menino!

E, quando a hora permite e meu coração está contente, passo muito tempo deitado na grama úmida ou subo no tronco de árvore robusto mais próximo, me balanço nos galhos, respiro o aroma dos brotos e da seiva fresca, vejo a rede de ramos e o verde e o azul se entrelaçarem sobre mim, entro como um sonâmbulo, como um visitante silencioso, no abençoado jardim dos meus tempos de menino. É tão difícil e tão prazeroso conseguir voltar ali mais uma vez, respirar o ar matinal límpido da primeira juventude e, mais uma vez, por instantes, enxergar o mundo do jeito que ele saiu das mãos de Deus e como todos nós o vimos na infância, quando o milagre da força e da beleza se desenrolava em nós mesmos.

As árvores se erguiam tão alegres e desafiadoras, narcisos e jacintos brotavam no jardim numa beleza tão brilhante; e as pessoas, que ainda conhecíamos tão pouco, nos encontravam com bondade e doçura, porque sentiam em nossa fronte lisa ainda o sopro do divino, do qual nada sabíamos, e que, sem querer e sem saber, se perderia no ímpeto do nosso crescimento. Que menino selvagem e indômito eu era, quantas preocupações meu pai teve comigo desde pequeno, quantos sustos e suspiros de minha mãe! — e mesmo assim jazia na minha fronte o brilho divino, o que eu via era lindo e livre, em meus pensamentos e sonhos, mesmo os não muito devotos, entravam e saíam anjos e milagres e contos de fadas.

Para mim, desde a infância o cheiro da terra recém-lavrada e o verde germinando nas matas se conectam a uma lembrança que ressuscita a cada primavera e me obriga a reviver por alguns segundos aquele tempo meio esquecido e incompreendido. Mesmo agora penso nele e, se conseguir, quero contar sobre isso.

As venezianas estavam fechadas em nosso quarto de dormir, eu deitado no escuro, semiadormecido, escutava a respiração firme e regular do meu irmão mais novo ao meu lado e me admirava mais uma vez com o fato de que, de olhos fechados, no lugar do breu escuro, eu via várias cores, círculos violeta e de um vermelho escuro que sempre aumentavam e se diluíam na escuridão, renascendo fluidamente de seu centro, cada um circundado por um fino traço amarelo. Eu também prestava atenção no barulho do vento que chegava das montanhas em lufadas suaves e preguiçosas, remexendo lânguido nos grandes álamos, por vezes se encostando pesadamente no telhado que rangia. Mais uma vez eu lamentava que crianças não pudessem ficar acordadas de noite, sair de casa ou pelo menos ficar na janela. E me lembrei de uma noite em que a mãe tinha se esquecido de fechar as venezianas.

Acordei no meio dessa noite, me levantei sem ruído, andei hesitante até a janela e diante dela estava estranhamente claro, nem um pouco escuro com a treva fúnebre que eu imaginara. Tudo parecia indistinto e borrado, triste, nuvens enormes gemiam por todo o céu, e as montanhas de um preto azulado pareciam participar disso, como se tivessem medo e se esforçassem para escapar dali, como se estivessem fugindo de uma desgraça iminente. Os álamos dormiam e pareciam abatidos como algo morto ou apagado, mas no pátio, como sempre, estavam o banco, a bacia da fonte e a castanheira jovem, também ela um pouco cansada e triste. Eu não sabia se havia ficado sentado na janela muito ou pouco tempo espiando o mundo pálido, metamorfoseado; nisso, ali perto um animal começou a gemer, amedrontado e choroso. Podia ser um cachorro, uma ovelha ou um bezerro que havia acordado e sentido medo no escuro. Esse sentimento também me dominou, corri de volta para minha cama, sem saber se devia chorar ou não. Mas, antes de conseguir me decidir, eu já havia caído no sono.

Lá fora tudo aquilo agora jazia de novo enigmático e à espreita, atrás das venezianas fechadas. Teria sido tão bom e perigoso espiar de novo lá fora... Imaginei outra vez as árvores turvas, a luz cansada e incerta, o pátio silente, as montanhas que fugiam velozes junto às nuvens, os raios pálidos no céu e a estradinha clara, de brilho vago na imensidão cinzenta. Nisso, envolto em um grande manto preto, esgueirou-se ali um ladrão ou assassino, ou alguém que tinha se perdido, corria de um lado para o outro, com medo da noite e perseguido por animais. Talvez fosse um menino da minha idade, que tivesse se perdido ou fugido ou sido raptado ou ficado órfão e, ainda que ele fosse corajoso, algum espírito noturno poderia matá-lo ou um lobo alcançá-lo. Talvez os ladrões o levassem para a mata e ele acabaria se tornando um bandido, receberia uma espada ou uma pistola de cano duplo, um chapéu grande e botas altas de montaria.

Bastava apenas um passo, uma entrega inerte, e eu estaria no mundo dos sonhos, podendo ver com os olhos e tocar com as mãos tudo o que ainda era memória, pensamento e fantasia.

Mas não adormeci, pois nesse instante, pela fechadura da porta um fino fio de claridade avermelhada, vindo do quarto de dormir dos meus pais, encheu a escuridão com uma insinuação débil e trêmula de luz, de repente desenhou uma mancha amarela com arestas sobre a porta do armário de roupas, que se iluminou vagamente. Eu sabia que agora o pai ia para a cama. Escutei seus passos macios de meias, logo depois sua voz profunda e abafada. Falou mais um pouco com minha mãe.

— As crianças estão dormindo? — ouvi-o perguntar.

— Sim, faz tempo — respondeu a mãe, e me envergonhei de ainda estar acordado. Depois fez-se silêncio por um tempo, mas a luz continuava acesa. O tempo passava muito devagar, eu já estava quase pegando no sono quando a mãe recomeçou:

— Você perguntou pelo Brosi?

— Fui lhe fazer uma visita — respondeu o pai. — Estive lá à tardinha. Ele dá pena.

— Está tão mal assim?

— Muito. Você vai ver, quando chegar a primavera, ele se vai. Já tem a marca da morte no rosto.

— O que você acha? — perguntou a mãe — Devo mandar o menino lá? Talvez fosse bom.

— Como quiser — respondeu o pai —, mas necessário não é. Um menino tão pequeno vai entender essas coisas?

— Então, boa noite.

— Tá, boa noite.

A luz foi apagada, o ar parou de tremer, chão e porta do armário ficaram outra vez escuros e, quando fechava os olhos, eu podia ver novamente aqueles anéis violeta e vermelho-escuros com beiradas amarelas, ondulando e crescendo.

Mas, enquanto os pais adormeciam e tudo ficava quieto, minha alma subitamente excitada começou de repente a trabalhar com toda a força noite adentro. O diálogo compreendido pela metade tombara nela como uma fruta num lago, agora círculos velozes e medrosos se alastravam sobre ela e a faziam tremer de uma curiosidade ansiosa.

Esse Brosi de quem meus pais tinham falado estava quase perdido na minha memória, quando muito era uma lembrança turva, quase apagada. Ele, cujo nome eu mal recordava, emergia lentamente, tornando-se outra vez uma imagem viva. Primeiro, eu soube que já tinha escutado esse nome várias vezes antigamente e o pronunciado eu mesmo. Então me veio a lembrança de um dia de outono em que alguém me dera maçãs de presente. Lembrei que tinha sido o pai de Brosi e de repente me lembrei de tudo outra vez.

Vi um menino bonito, um ano mais velho que eu, mas não maior, que se chamava Brosi. Talvez um ano atrás seu pai fosse nosso vizinho e o menino, meu camarada. Mas minha memória não chegou até aí. Eu o enxergava nitidamente de novo: usava um gorro de lã azul, de tricô, com dois chifres engraçados, e sempre tinha maçãs ou pão de frutas na sacola; quando tudo começava a ficar sem graça, ele sempre tinha uma ideia de prontidão ou uma brincadeira, alguma sugestão. Usava um colete, mesmo em dias de semana, o que me dava muita inveja, e antes eu achava que ele não tinha quase força nenhuma, mas uma vez ele deu uma surra no aprendiz de ferreiro do vilarejo que debochara dele por causa de seu gorro com chifres (que tinha sido tricotado por sua mãe) e, depois disso, tive medo dele por um tempo. Ele tinha um corvo domesticado, mas uma vez no outono lhe deram muita batata verde, daí o corvo morreu e o enterramos. O caixão era uma caixinha, mas era pequena demais, a tampa não queria fechar. Fiz um sermão como os do pastor, e quando Brosi começou a chorar meu irmão menor começou a rir; aí Brosi bateu nele e eu bati em Brosi. O pequeno chorava alto, nós nos separamos, depois a mãe do Brosi veio até nossa casa dizer que ele se desculpava, que se fôssemos até a casa deles amanhã de tarde haveria café com um bolo que já estava no forno. E durante o café Brosi nos contou uma história que no meio sempre voltava ao início e, embora eu jamais conseguisse me lembrar da história, ria sempre que pensava nela.

Mas isso foi só o começo. Voltaram a me ocorrer ao mesmo tempo mil acontecimentos, todos do verão e outono em que Brosi foi meu amigo, e eu os tinha praticamente esquecido após alguns meses desde que ele parou de nos visitar. Agora as lembranças chegavam de todos os lados, como pássaros quando jogamos sementes no inverno, todos ao mesmo tempo, uma revoada inteira.

Lembrei-me de novo de um magnífico dia de outono em que o falcão do construtor de telhados escapou do viveiro. As asas cortadas tinham crescido, ele rompera a correntinha de latão presa à pata e fugira do espaço estreito e escuro. Agora estava tranquilamente pousado numa macieira diante da casa e havia uma dúzia pessoas na rua, olhando para cima, falando e dando sugestões. Nós, meninos, ficamos particularmente aborrecidos, Brosi e eu, plantados ali com todo mundo olhando o pássaro quieto na árvore, olhando para baixo, astuto e ousado. "Esse não volta mais!", exclamou alguém. Mas o criado Gottlob disse: "Se conseguisse voar mesmo já estava longe." O falcão testava suas grandes asas, sem largar o galho com as garras; estávamos extremamente nervosos, eu mesmo não sabia o que me deixaria mais feliz, se o recapturassem ou se ele conseguisse fugir. Por fim, Gottlob trouxe uma escada, o próprio construtor de telhados subiu e estendeu a mão para o seu falcão. Nesse instante, a ave largou o galho e começou a bater as asas com força. Nossos corações de meninos batiam tão forte que mal conseguíamos respirar; olhávamos enfeitiçados para aquele pássaro lindo batendo asas, até que chegou o momento magnífico em que o falcão deu alguns impulsos mais fortes e, quando viu que ainda podia voar, foi subindo, lento e altivo, mais e mais alto pelos ares em grandes círculos, até ficar do tamanho de uma cotovia, desaparecendo tranquilamente no céu luminoso. Mas nós, quando as pessoas havia muito já tinham ido embora, ainda estávamos ali, cabeças esticadas para o alto, examinando o céu inteiro; então, de repente Brosi deu um pulo de alegria no ar e gritou para o pássaro:

— Voa! Voa que agora você está livre de novo!

Tive de pensar também no galpão da carroça do vizinho. Ficávamos lá sentados quando chovia muito forte, agachados juntos na penumbra, ouvíamos o tilintar e o bramir da chuvarada e contemplávamos o chão do pátio, onde riachos, correntes de água e lagoas surgiam e se derramavam e se cruzavam e se transformavam. Certa vez, quando estávamos ali agachados escutando, Brosi disse:

— Cara, agora vem o dilúvio, o que que a gente vai fazer? Todos os vilarejos já se afogaram, a água já está chegando até o bosque.

E ficamos imaginando tudo, espiávamos pelo pátio, escutávamos a chuva que desabava e ouvíamos nela o rugido de ondas e correntes marinhas distantes. Eu disse que tínhamos de fazer uma jangada com quatro ou cinco pedaços de madeira, ela aguentaria nós dois. Mas aí Brosi gritou para mim:

— Mas e o seu pai e a sua mãe, e o meu pai e a minha mãe, e o gato, e o seu irmãozinho? Não vai levar eles junto?

Eu não tinha pensado nisso no calor e no perigo do momento e menti me desculpando:

— Vou, mas pensei que já tivessem todos se afogado.

Com isso ele ficou triste e pensativo porque estava imaginando aquilo tudo com detalhes, até que disse:

— Vamos brincar de outra coisa agora.

E na época em que o pobre do seu corvo ainda estava vivo e saltitava por toda parte, certa vez o levamos para nossa casinha no jardim, onde o sentamos numa viga e ele corria de um lado para o outro porque não conseguia descer. Eu lhe estendi o indicador e disse, brincando:

— Olha, Jacó, bica! — E ele bicou meu dedo.

Não doeu muito, mas fiquei zangado e tentei lhe bater e queria lhe dar um castigo. Mas Brosi me agarrou pela cintura e me segurou até que o pássaro, que assustado esvoaçara da viga, estava a salvo.

— Me larga! — berrei. — Ele me bicou! — E lutei com ele.

— Você mesmo que disse: "Jacó, bica!" — gritou Brosi e me explicou que o pássaro estava em seu pleno direito. Fiquei irritado com seu jeito sabichão, disse que tudo bem, mas decidi secretamente um dia me vingar do corvo.

Depois, quando Brosi já tinha deixado o jardim para pegar o caminho de casa, me chamou mais uma vez e voltou, eu esperei por ele. Ele se aproximou e disse:

— Olha, você me promete de verdade que não vai fazer nada com o Jacó? — E, como eu não respondi e teimei um pouco, ele me prometeu duas maçãs grandes, que aceitei, e daí ele foi para casa.

Logo depois na árvore do jardim de seu pai amadureceram as primeiras maçãs temporãs; ele me deu as duas que prometera, as maiores e mais bonitas. Na hora me senti envergonhado, não quis aceitar logo, até que ele disse:

— Pega sim, nem é mais por causa do Jacó; eu teria te dado elas do mesmo jeito, e o seu irmãozinho também ganha uma.

Então as aceitei.

Mas certa vez ficamos a tarde toda saltitando pelo campo, depois entramos no mato, onde crescia um musgo muito macio embaixo das árvores. Estávamos cansados e nos sentamos no chão. Algumas moscas zumbiam em cima de um cogumelo e toda sorte de passarinhos voava por ali; conhecíamos alguns deles, mas a maioria não. Também escutamos um pica-pau bicando diligentemente e estávamos nos sentindo bem à vontade e contentes, já quase sem precisarmos nos falar, só quando um de nós descobria algo especial, então apontava e mostrava ao outro. Pela abóbada de folhas fluía uma luz verde suave, enquanto o solo da mata se perdia num ocaso castanho obscuro. O que se movia ali atrás, rumor de folhas e bater de asas, vinha de lendas mágicas, soava com um tom misterioso e estranho, podia significar muitas coisas.

Brosi tirou o casaco porque a caminhada o deixara com calor, depois também o colete e se deitou no musgo. Então aconteceu que, quando ele se virou e sua camisa se abriu na altura do pescoço, levei um enorme susto, pois vi por cima de seus ombros brancos uma longa cicatriz vermelha. Imediatamente quis perguntar de onde vinha a cicatriz, já antecipando uma história de acidente de verdade; mas, sabe-se lá como, de repente não quis mais perguntar e fingi não ter visto nada. Ao mesmo tempo, sentia muita pena do Brosi com sua cicatriz enorme, que certamente tinha sangrado e doído muito, e nesse momento gostei muito mais dele do que antes, mas não podia dizer nada. Assim, mais tarde saímos juntos do bosque e fomos para casa, então busquei no quarto minha melhor caixinha de chumbinho, feita de um galho grosso de sabugueiro que o empregado certa vez fizera para mim, desci outra vez e a dei de presente para Brosi. Primeiro ele achou que era brincadeira, depois não quis aceitar, até botou as mãos nas costas e tive de enfiar a caixinha no bolso dele.

E assim, uma após a outra, me voltavam todas as histórias. Também aquela do bosque de pinheiros que ficava do outro lado do riacho que certa vez atravessei com meu amigo porque queríamos ver os cervos. Entramos numa clareira ampla, pelo chão marrom liso entre os troncos retos que subiam até o céu, mas, por mais que andássemos, não encontramos um só cervo. Em compensação vimos uma porção de rochas grandes entre as raízes expostas dos pinheiros e quase todas as pedras tinham pontos onde crescia uma moitinha de musgo claro, como pequenas pintas verdes. Eu quis puxar um deles, não maior do que minha mão, mas Brosi disse depressa:

— Não! Deixa aí!

Perguntei por que e ele me explicou:

— São pegadas de um anjo que anda pelo bosque; por onde ele anda cresce esse pedacinho de musgo na pedra.

Com isso, esquecemos os cervos e esperamos para ver se não passava um anjo. Ficamos parados, prestando atenção. No bosque inteiro reinava um silêncio mortal, no chão castanho refulgiam manchas de sol claras, ao longe os troncos se uniam, verticais, como uma parede alta de colunas vermelhas; por cima do dossel escuro e denso, o céu azul. Uma brisa fresca muito fraca passava volta e meia, inaudível. Nos sentimos ao mesmo tempo assustados e solenes, porque tudo estava tão calmo e solitário e porque talvez logo chegasse um anjo. Depois de algum tempo fomos embora juntos, rápidos e silenciosos, passando pelas muitas pedras e troncos, saindo do bosque. Quando estávamos de novo no campo e tínhamos passado o riacho, ficamos algum tempo olhando para o outro lado, depois corremos depressa para casa.

Algum tempo mais tarde briguei de novo com Brosi, depois nos reconciliamos outra vez. Quando já chegava o inverno, disseram que Brosi estava doente, se eu não queria visitá-lo. Estive lá uma ou duas vezes, ele estava na cama e não falava quase nada, senti medo e tédio, embora a mãe dele tivesse me dado a metade de uma laranja. Depois, mais nenhuma notícia. Eu brincava com meu irmão, com o empregado ou a criada, e assim se passou muito, muito tempo. Nevou, a neve derreteu, nevou outra vez; o riacho congelou, derreteu e congelou de novo, ficou marrom e branco, causou uma inundação e trouxe uma porca afogada do vale mais acima e um monte de madeira. Nasceram pintinhos, três deles morreram; meu irmãozinho adoeceu e ficou bom outra vez; nos galpões se debulhavam grãos, e nos quartos se tecia, agora os campos estavam sendo lavrados de novo — tudo isso sem o Brosi. Assim ele foi ficando mais e mais distante, até por fim desaparecer e por mim ser esquecido — até agora, até esta noite em que a luz avermelhada se infiltrou pelo buraco da fechadura e escutei o pai dizer para a mãe: "Quando a primavera chegar, vai levá-lo."

Adormeci entre muitas lembranças e emoções confusas, e talvez já no dia seguinte o ímpeto das vivências tivesse tragado a memória recém-desperta do companheiro de brincadeiras desaparecido e ela talvez nunca mais retornasse com a mesma intensidade e beleza. Porém, já durante o café da manhã minha mãe perguntou:

— Você às vezes pensa no Brosi, que sempre brincava com vocês?

Eu disse que sim e ela prosseguiu com sua voz bondosa:

— Sabe, na primavera vocês dois iriam juntos à escola. Mas agora ele está tão doente que parece que não vai dar... Você não quer ir lá visitar ele?

Ela falava num tom tão sério e pensei no que havia escutado o pai dizer durante a noite e senti um horror, mas ao mesmo tempo uma curiosidade cheia de medo. Segundo as palavras do pai, Brosi teria a morte estampada no rosto, isso me parecia indizivelmente sinistro e bizarro.

Repeti que sim, e a mãe disse severa:

— Lembra que ele está muito doente! Agora você não vai poder brincar com ele nem fazer barulho.

Prometi aquilo tudo e ali já comecei a me esforçar para ficar bem calmo e comportado. Naquela mesma manhã fui até a casa dele. Diante da casa, muito tranquila e um pouco solene na fria luz da manhã atrás de suas duas castanheiras marrons desfolhadas, parei e esperei um pouco, agucei os ouvidos na direção do vestíbulo e quase tive vontade de voltar atrás. Mas então tomei coragem, subi depressa os três degraus de pedra vermelhos, entrei pela metade aberta da porta, olhei ao redor enquanto andava e bati na próxima porta. A mãe do Brosi era uma mulher pequena, ágil e suave. Ela saiu pela porta, me abraçou, me deu um beijo e perguntou:

— Você veio ver o Brosi?

Pouco depois, lá estava ela no andar de cima, diante da porta branca de um quarto de dormir, segurando minha mão. Eu olhava a mão dela, que deveria me conduzir a coisas que suspeitava obscuramente terríveis e extraordinárias, da mesma forma como olharia a mão de um anjo ou de um mago. Meu coração batia assustado e frenético como um alerta, eu buscava forças, quis recuar, de forma que ela quase teve de me puxar para dentro do quarto. Era um cômodo grande, claro e bem agradável; fiquei parado na porta constrangido e apavorado, olhando a cama resplandecente até que a senhora me levou para mais perto. Então, Brosi se virou para nós.

Olhei atentamente seu rosto, alongado e pontudo, mas não consegui ver a morte nele, só uma luz sutil, e nos olhos algo incomum, uma seriedade bondosa, paciente, cuja percepção me fez sentir meu coração como na ocasião em que paramos para escutar o bosque de pinheiros em silêncio, quando, assustado, prendi a respiração e senti passos de anjo passando ao meu lado.

Brosi me cumprimentou com a cabeça e me estendeu sua mão, que estava quente e seca, emagrecida. A mãe o acariciou, assentiu para mim e deixou outra vez o quarto; então fiquei sozinho junto da cama dele, pequena e alta, olhando para ele, e por algum tempo nenhum de nós disse nada.

— Então, você ainda existe? — disse Brosi então.

E eu:

— É, e você também?

E ele:

— Sua mãe te mandou?

Fiz que sim.

Ele estava cansado e deixou a cabeça cair de novo no travesseiro. Eu não sabia o que dizer, fiquei mordiscando o fio do meu gorro, apenas olhando para ele e ele para mim, até que Brosi sorriu e fechou os olhos de brincadeira.

Então, ele se virou um pouco de lado e, quando o fez, vi de repente algo vermelho brilhar por baixo dos botões da camisa. Era a grande cicatriz no seu ombro. Depois de vê-la de repente não pude conter meu choro.

— Ei, o que é que foi? — perguntou ele imediatamente.

Eu não conseguia responder, continuei chorando, secando meu rosto com o gorro áspero até doer.

— Pode dizer. Por que você está chorando?

— Porque você está tão doente — respondi na hora. Mas não era o motivo real. Era uma onda intensa de afeto e compaixão, como eu tinha sentido antes, que de repente me arrebatou e não podia se dissipar de outra forma.

— Não é tão grave assim — disse Brosi.

— Você vai ficar bom logo?

— Vou, pode ser.

— Mas quando?

— Não sei... Vai demorar.

Depois de algum tempo percebi de repente que ele tinha adormecido. Esperei mais um pouco, depois saí, desci os degraus e voltei para casa. Fiquei aliviado por minha mãe não me perguntar nada. Ela certamente tinha visto que eu estava mudado, que tinha vivenciado alguma coisa, e apenas acariciou meu cabelo sem falar nada.

Apesar disso, pode ser que naquele dia eu tenha sido arrogante, violento e malcriado, fosse ao maltratar meu irmão menor ou ao incomodar a criada no fogão, ou ao andar na terra molhada voltando para casa muito sujo. Algo assim de fato aconteceu, pois me lembro bem que na mesma noite minha mãe me encarou muito comovida e séria — talvez quisesse me lembrar silenciosamente da manhã daquele dia. Eu entendi seu gesto e me senti arrependido, e, ao notar isso, ela fez algo muito especial. Tirou de sua estante perto da janela um potinho de argila com terra e um caroço escuro, já brotando algumas folhinhas pontudas, verde-claro e viçosas. Era um jacinto. Ela o entregou a mim e disse:

— Presta atenção, isso é para você. Mais tarde será uma grande flor vermelha. Vou botá-la ali e você tem de cuidar dela, sem tocar ou tirar do lugar. Ela tem de ser regada todo dia, duas vezes; se você esquecer, eu te lembro. Quando brotar uma linda flor vermelha, você pode levar para Brosi, para ele ficar feliz. Você vai se lembrar?

Ela me botou na cama, e eu pensava orgulhoso naquela flor, cujos cuidados me pareciam um ofício honroso e importante, mas já na manhã seguinte me esqueci de regar e minha mãe me lembrou:

— E a flor do Brosi? — perguntou-me, e teve de fazê-lo não apenas dessa vez durante aqueles dias.

Mesmo assim nada naquele tempo me deixava tão feliz e ocupado quanto a minha flor. Havia várias outras, maiores e mais bonitas, na sala e no jardim. Minha mãe e meu pai as haviam me mostrado várias vezes. Entretanto, agora era a primeira vez que colocava meu coração em contemplar um crescimento tão pequeno, em desejá-lo, em cuidá-lo e me preocupar com ele.

Por alguns dias, a situação da florzinha não parecia muito promissora, ela parecia doente, sem encontrar forças para crescer. Quando no começo fiquei preocupado e depois impaciente, minha mãe disse:

— Está vendo, a flor está como o Brosi, muito doente. Nesse caso, a gente precisa ser ainda mais carinhoso e cuidadoso.

A comparação era óbvia e logo me trouxe uma ideia completamente nova que em pouco tempo me dominou por completo. Senti uma ligação secreta entre a plantinha que lutava com esforço e o Brosi doente, cheguei a acreditar com firmeza que, se o jacinto florescesse, meu amigo também se recuperaria. Mas, se a flor não vingasse, ele haveria de morrer, e assim, se eu a tivesse negligenciado, talvez também tivesse alguma culpa pela morte dele. Quando completei esse raciocínio passei a proteger o vaso de flor com medo e ciúme, como um tesouro no qual se encerrassem forças mágicas que só eu conhecia e podia cuidar.

Três ou quatro dias depois da minha primeira visita — a planta ainda parecia bem mal — voltei à casa vizinha. Brosi tinha de ficar deitado em completo repouso e, como eu não tinha nada a dizer, fiquei parado perto da cama contemplando o rosto do enfermo, voltado para cima, parecendo delicado e quente nos lençóis brancos. De vez em quando ele abria e fechava os olhos, mas não se movia mais, e uma pessoa mais madura e inteligente teria percebido que a alma do pequeno Brosi já estava inquieta e pensando em voltar para casa. Quando uma angústia pelo silêncio no quarto começava a querer tomar conta de mim, a vizinha entrou com passos silenciosos para amavelmente me buscar.

Na vez seguinte, fui com o coração muito mais contente, pois em casa a minha plantinha brotava com força e vigor suas folhinhas pontudas e alegres. Dessa vez o doente também estava bem animado.

— Lembra quando o Jacó ainda estava vivo? — perguntou.

E ficamos nos lembrando do corvo, falando sobre ele, imitando as três palavrinhas que ele sabia dizer. Comentamos com entusiasmo e nostalgia de um papagaio cinza e vermelho que certa vez aparecera por perto. Empolguei-me com o assunto e, enquanto Brosi pouco depois já se cansava, eu tinha esquecido sua doença completamente durante alguns instantes. Contei a história do papagaio fugido, que fazia parte das lendas da nossa casa. O ponto alto era que um velho criado, ao ver o pássaro tão bonito pousado no telhado do galpão, pegou uma escada para alcançá-lo. Quando ele chegou ao telhado e se aproximou cautelosamente do papagaio, este disse: "Bom dia!" O criado tirou seu boné e disse: "O senhor me perdoe, por um momento pensei que fosse um pássaro."

Quando acabei de contar isso, pensei que Brosi com certeza daria uma boa gargalhada. Como na hora não o fez, olhei para ele, espantado. Vi-o dar um sorriso tênue e carinhoso, suas bochechas estavam um pouco mais coradas que antes, mas ele não disse nada nem riu alto. De repente me pareceu que ele fosse muitos anos mais velho do que eu. Minha graça se apagou na hora, em seu lugar sugiram confusão e medo, pois senti fortemente que entre nós dois agora tinha se erguido algo novo, estranho e perturbador.

Uma mosca de inverno zumbiu pelo quarto e perguntei se devia pegá-la.

— Não, deixa! — disse Brosi.

Isso também me pareceu um comentário de adulto. Fui embora encabulado.

A caminho de casa senti pela primeira vez na vida algo da beleza velada da véspera de primavera, algo que só anos depois, bem no final da infância, voltaria a sentir.

O que era e como veio, não sei. Mas me recordo de um sopro de vento morno, de camadas de terra escura e úmida na beira dos campos lavrados que relumbravam em fileiras, um cheiro singular de vento morno no ar. Lembro-me também de querer cantarolar uma melodia, mas logo parar, porque algo em mim me oprimia e me silenciava.

Esse breve trajeto entre a casa vizinha e a nossa é uma lembrança curiosamente profunda. Já mal me recordo de detalhes, mas por vezes, quando de olhos fechados consigo voltar para lá, me parece que estou vendo a terra outra vez com olhos de criança — como presente e criação de Deus, numa beleza onírica suave e intocada, como nós, velhos, só conhecemos das obras de artistas e poetas. O caminho talvez não contasse nem duzentos passos, mas nele e sobre ele e às suas margens vivia e acontecia infinitamente mais do que em muitas viagens que fiz mais tarde.

Árvores frutíferas esticavam pelos ares seus galhos calvos, entrelaçados e ameaçadores, e botões seivosos marrom-avermelhados das pontas finas dos ramos. Por cima deles passavam o vento e o fluxo rápido de nuvens, por baixo deles a terra nua gestava a primavera. Uma vala cheia de água da chuva transbordava um riachinho turvo e estreito por sobre a rua, no qual boiavam folhas de pereira e gravetos marrons. Cada um deles era um barco que debandava e naufragava, enfrentava alegrias, dores e destinos diversos, que eu vivia junto.

De repente um pássaro escuro apareceu no ar diante de meus olhos, virou-se, seguiu cambaleando e batendo as asas, lançou um grito longo e agudo, cintilando subiu nos ares, e meu coração impressionado voou com ele.

Uma carroça vazia com um único cavalo chegava, rangendo e seguindo adiante, prendendo minha atenção até a última curva, com seu cavalo forte, vindo de um mundo desconhecido, desaparecendo neste outra vez, despertando em mim bonitos pressentimentos fugazes e levando-os outra vez consigo.

Essa é uma pequena lembrança — ou são duas, ou três... Quem iria querer quantificar as vivências, comoções e alegrias que, entre uma hora e outra, uma criança encontra em meio a pedras, plantas, pássaros, brisas, cores e sombras, e imediatamente esquece outra vez, mas ainda assim levando-as consigo nos destinos e mudanças dos anos? Uma coloração diferente no horizonte, um mínimo barulho em casa ou no jardim ou no bosque, uma borboleta ou qualquer aroma passageiro às vezes despertam em mim nuvens de lembrança daqueles tempos antigos. Não consigo reconhecê-las com clareza e individualmente, mas trazem, todas, o perfume delicioso daqueles tempos, quando entre mim e cada pedra e pássaro e riacho existiam uma vida e uma ligação íntimas, cujos resquícios me esforço ao máximo para preservar.

Enquanto isso, minha flor aos poucos crescia, endireitava suas folhas mais alto e se fortalecia visivelmente. Com ela crescia minha alegria e fé no reestabelecimento da saúde do meu amigo. Chegou inclusive o dia em que, entre as folhas bojudas, começou a se esticar e a se levantar um botão de flor avermelhado e redondo, assim como o dia em que o botão se dividiu, revelando um emaranhado secreto de lindas pétalas vermelhas com beiradas brancas. No entanto, do dia em que levei, repleto de orgulho e de uma vigilância alegre, o vaso até a casa vizinha e o entreguei para Brosi, me esqueci completamente.

Uma vez, fazia um dia claro de sol; da terra escura já despontavam pontinhas verdes finas, as nuvens estavam com bordas douradas e, nas ruas, jardins e pátios úmidos se espelhava um céu suave e limpo. A caminha do Brosi tinha sido colocada junto da janela, em cujo peitoril o jacinto vermelho se exibia glorioso ao sol; tinham soerguido um pouco o enfermo, apoiado em travesseiros. Ele estava falando comigo um pouco mais do que de costume. Sobre sua cabeça loira raspada, a luz morna se espalhava alegre e brilhante, luzindo vermelho em suas orelhas. Eu estava muito contente e via que logo estaria tudo bem com ele. Sua mãe estava sentada junto a nós, e quando achou que já bastava, me deu uma pera amarela e me mandou para casa. Mordi a pera ainda nos degraus, era macia e doce como mel, o suco escorreu no meu queixo e na minha mão. Lancei num grande arco o resto da pera sobre o campo.

Dias depois choveu o que tinha de chover, tive de ficar em casa e me deixaram, após lavar as mãos, me encantar com a Bíblia ilustrada, onde eu já tinha minhas figuras prediletas, sobretudo o leão do paraíso, os camelos de Eliézer e o bebê Moisés nos juncos. Mas quando, no segundo dia, a chuva não deu trégua, fiquei entediado. Passei a metade da manhã olhando pela janela para o pátio inundado e a castanheira, depois peguei, um por um, meus jogos e, quando já tinha brincado com todos e começava a escurecer, briguei com meu irmão. A velha ladainha de sempre: implicávamos um com o outro até o pequeno me xingar com um palavrão, eu batia nele e ele corria aos prantos pelo quarto, corredor, cozinha, escada e quarto dos pais até nossa mãe, atirando-se no colo dela, que suspirava e me mandava embora. Até o pai chegar em casa, escutar a história toda, me dar um castigo e me mandar, após as correções necessárias, para a cama, onde eu me sentia indescritivelmente infeliz, mas logo adormecia, ainda com lágrimas nos olhos.

Quando, provavelmente na manhã seguinte, fui outra vez ao quarto do Brosi, a mãe dele estava o tempo todo com o dedo diante da boca, me olhando como quem avisa algo. Brosi estava deitado na cama de olhos fechados, gemendo baixinho. Olhei, assustado, o rosto dele, pálido e retorcido de dor. E, quando a mãe dele pegou minha mão e a colocou sobre a dele, ele abriu os olhos e ficou me olhando muito quieto por alguns instantes. Seus olhos estavam grandes e mudados. Ele me olhava com um olhar de estranhamento e surpresa, como de muito longe, como se nem me conhecesse e estivesse admirado de me ver, mas ao mesmo tempo tivesse outros pensamentos, muito mais importantes. Pouco depois me esgueirei de lá na ponta dos pés.

De tarde, porém, enquanto a mãe lhe contava uma história que ele tinha pedido, caiu num sono que durou até a noite, enquanto seus fracos batimentos cardíacos aos poucos adormeceram e se apagaram.

Quando fui para a cama, minha mãe já sabia. Mas só me contou de manhã, depois do leite. Fiquei o dia todo vagando como sonâmbulo, imaginando que Brosi tinha ido se encontrar com os anjos e se transformara em um deles. Eu não sabia que seu corpinho magro com a cicatriz no ombro ainda estava na casa ao lado. E não vi nem ouvi nada do enterro.

Meus pensamentos se ocuparam muito disso, demorou um bom tempo até o falecido se tornar distante e invisível para mim. Mas então a primavera chegou cedo e subitamente, inteira. Sobre as montanhas esvoaçavam amarelos e verdes, no jardim, cheiro de brotos frescos, a castanheira tateava com suas folhas macias enroladas brotando dos botões em eclosão. E em todos os canteiros sorriam, em seus caules viçosos, os ranúnculos amarelos e brilhantes.

Criança na primavera

Por mais branco que se enfeitem,
Em maio, as árvores e seus botões,
Em breve ventos talvez deitem
Por terra o vigor das florações.

Teus jovens dias, criança,
Também, teu riso, teu prazer,
Embora sublimes, os alcança
em breve escuridão e fenecer.

Entretanto, só a dor, a escuridão
Trazem ao fruto sua doçura.
E, quando maduro, nunca terão
sido em vão as dores, a amargura.

Um momento de despertar

Parte dos momentos inesquecíveis de uma vida são aqueles raros instantes em que nos enxergamos de uma perspectiva externa e reconhecemos, de repente, traços em nós que até ontem não existiam ou nos eram desconhecidos. Com um sobressalto e um leve susto nos damos conta de que nem sempre somos o mesmo ser imutável e perene, como em geral nos sentimos. Despertamos por um momento desse sonho docemente mentiroso e nos vemos modificados, crescidos ou encolhidos, desenvolvidos ou atrofiados. Nos vemos e nos sabemos por alguns instantes — de horror ou encantamento — nadando no infinito curso do desenvolvimento, das mudanças, da transitoriedade que nos consome sem cessar, das quais até temos consciência, mas das quais habitualmente excetuamos a nós e a alguns de nossos ideais. Pois, se estivéssemos despertos, aqueles segundos ou horas de vigília se estenderiam em meses ou anos e não conseguiríamos viver, não os suportaríamos de forma alguma. E possivelmente a maior parte das pessoas não conhece esses breves instantes, esses segundos de despertar, mas habitam por toda a vida a torre do seu eu aparentemente imutável, como Noé na Arca, vendo a torrente da vida e a torrente da morte passando impetuosas, veem estranhos e amigos serem arrastados, chamam seus nomes, choram por eles, pensam estar sempre firmes, olhando da margem, sem cair na corrente e sem também morrer. Cada pessoa é o centro do mundo, que parece girar submisso em torno dela, e cada pessoa e cada dia de uma vida humana são o ponto final e o ápice da história do mundo: atrás dela milênios e povos inteiros feneceram e naufragaram, diante dela não existe nada, o imenso aparato da história mundial parece servir exclusivamente ao instante, ao limiar do presente. O homem primitivo sente como ameaça qualquer perturbação desse sentimento de que ele é o centro de tudo, de que está na margem, enquanto os outros são arrebatados pela correnteza, recusa-se a ser acordado e instruído, sente o despertar, o toque da realidade, o espírito, como algo odioso e hostil e, com instinto amargurado, se desvia daqueles que julga estarem despertando, dos visionários, problemáticos, gênios, profetas e possuídos.

Hoje me parece que também não tive muitos momentos de um despertar ou de um passar a enxergar e muitos deles minha memória negou e tentou cobrir de poeira por longos trechos da minha vida. Os poucos momentos de despertar durante meus anos de juventude foram os mais intensos. Mais tarde, é verdade, quando em algum momento me chegava novamente uma advertência, eu estava mais experiente, mais inteligente ou capaz de reflexões mais sábias e mais bem formuladas. Mas os acontecimentos em si, os frêmitos daqueles momentos de despertar, eram mais elementares e surpreendentes na juventude, vividos com mais sangue e paixão. E se um arcanjo abordasse um octogenário e o interpelasse, o coração experiente não teria mais medo, nem pulsaria mais feliz do que outrora, quando era jovem e esperava pela primeira vez Lise ou Berta diante do portão de um jardim ao anoitecer.

A experiência de que hoje me lembro não durou nem mesmo minutos, apenas segundos. Mas, nos segundos do despertar e do passar a enxergar, vemos muita coisa, e a lembrança e o registro precisam, como no caso dos sonhos, de várias vezes o tempo da própria vivência.

Foi na nossa casa paterna, em Calw. Era noite de Natal, na sala de visitas...

O Evangelho tinha sido lido, a segunda canção tinha sido cantada. Enquanto se cantava, eu já tinha espiado o canto da mesa onde se empilhavam meus presentes, agora cada um se dirigia ao seu lugar, as criadas foram conduzidas por minha mãe aos lugares delas. Já estava quente na sala, o ar cheio do bruxulear das velas, de aromas de cera e resina e do forte cheiro dos bolos. As criadas sussurravam entre si, excitadas, mostrando e apalpando seus presentes, minha irmã mais nova acabava de descobrir seus presentes e soltou um grito bem alto de alegria. Na época, eu devia ter entre treze e catorze anos.

Como todos nós, eu tinha me afastado da árvore de Natal em direção à mesa onde estavam os presentes, descobrira meu lugar buscando-o com os olhos e comecei a caminhar até ele. Mas para isso tive de rodear meu irmãozinho Hans e sua mesinha baixa com brinquedos de criança, onde tinham empilhado seus presentes. Num relance vi seus presentes, cujo centro e glória era uma coleção de louça de argila minúscula; pratinhos, jarrinhos, xicrinhas liliputianos engraçados estavam ali reunidos, cômicos e comoventes em sua singela pequenice, cada xícara menor do que um dedal. Meu irmãozinho estava debruçado diante dessa louça de argila em miniatura, com a cabeça esticada, e ao passar vi por um segundo seu rosto de criança — era cinco anos mais novo do que eu — e, no meio século que se passou desde então, muitas vezes o vi de novo em minha memória do jeito como estava naquele segundo: o rostinho de criança de brilho suave, um pouco contraído para um sorriso, completamente transfigurado e encantado de alegria e felicidade.

Essa foi toda a experiência. Ela já tinha passado quando com meu próximo passo cheguei aos meus presentes e fiquei entretido com eles, presentes dos quais não consigo me recordar de nenhum, enquanto ainda guardo uma memória precisa da louça em miniatura do Hans. A imagem ficou guardada no meu coração até hoje e em meu coração logo ocorreu, mal eu vira o rosto de meu irmão, um movimento variado, uma comoção. O primeiro movimento do meu coração fora uma intensa ternura pelo pequeno Hans, mesclada, porém, com uma sensação de distanciamento e superioridade, pois me pareciam bonitos e encantadores, mas infantis aquele encanto e felicidade por conta daquelas quinquilharias de argila que se podiam comprar por algumas moedas na loja de cerâmica. No mesmo instante, outro movimento do meu coração se contradizia: imediatamente ou, na verdade, já ao mesmo tempo, senti meu desprezo por aqueles jarrinhos e xicrinhas como algo desprezível ou até vil, e ainda mais desprezível era meu sentimento de superioridade em relação ao pequeno, que ainda conseguia se alegrar ao ponto do fascínio, para quem o Natal, as xicrinhas e todo o resto ainda possuíam o pleno brilho mágico e a sacralidade que outrora tinham tido para mim. Esse era o cerne e o sentido dessa vivência, o elemento despertador e alarmante: havia o conceito de "outrora" para mim! Hans era uma criança pequena, mas de repente eu soube que eu já não era uma e nem nunca mais seria! Hans vivia sua mesinha de presentes como um paraíso, eu não apenas não era mais capaz desse tipo de felicidade como sentia orgulho de tê-lo deixado ao crescer, orgulho, mas talvez também quase um pouco de inveja. Olhei para o meu irmão, que ainda havia pouco era meu semelhante, de uma distância, olhei com uma superioridade crítica e ao mesmo tempo senti vergonha de ter conseguido olhar para ele e sua loucinha de argila com aquele misto de pena e desdém, algo entre a arrogância e a inveja. Um mero instante causara esse distanciamento, abrira essa fenda profunda. De repente eu vi e soube: eu não era mais criança, era mais velho e mais esperto do que Hans, e era também mais maldoso e mais frio.

Não havia acontecido nada naquela noite de Natal além do fato de que uma pequena parte da minha maturação tinha me pressionado e causado desconforto, que no processo de me tornar eu, um dentre milhares de elos se fechara — mas não, como quase sempre, no escuro. Por um momento eu estava desperto e consciente. E, embora não soubesse, podia sentir nitidamente, no conflito de minhas emoções, que não existe crescimento que não contenha morte. Naquele instante, uma folha caiu da árvore, um botão murchou e se desprendeu de mim. Isso ocorre em cada hora de nossas vidas, um tornar-se e um murchar sem fim, entretanto raramente estamos despertos e prestamos atenção ao que acontece em nós por um instante. Desde o segundo em que vi o encantamento no rosto de meu irmão, compreendi sobre mim e a vida uma porção de coisas que eu ainda não sabia ao entrar naquela sala com cheiro de celebração ou enquanto cantava com os outros a canção de Natal.

Nas muitas ocasiões em que mais tarde me lembrei desse acontecimento, sempre me pareceu estranha a exatidão com que nele se equilibravam as duas metades contrárias: à sensação intensificada de identidade correspondia um sombrio sentimento de culpa; ao sentimento de ser adulto, uma sensação de empobrecimento; ao de ser inteligente e superior, um peso na consciência; à distância sarcástica em relação a meu irmão mais novo, uma necessidade de lhe pedir perdão por isso e reconhecer a inocência dele como um valor superior. Tudo isso soa bastante complicado e nada ingênuo, mas nos momentos em que estamos despertos não somos de forma alguma ingênuos. Nos momentos em que estamos nus diante da verdade, sempre nos falta a segurança de uma consciência limpa e o conforto da fé incondicional em nós mesmos. No momento do despertar, uma pessoa poderia até mesmo se matar, mas nunca a uma outra. No momento do despertar, o ser humano corre sempre grande perigo, pois está aberto e tem de deixar a verdade entrar em si, aprender a amar a verdade sentindo-a como elemento vital. Isso exige bastante, pois o ser humano é, antes de tudo, criatura e, como tal, encara a verdade sempre como inimiga. E, de fato, a verdade nunca é como a desejaríamos e escolheríamos, mas é sempre implacável.

Também a mim a verdade tinha encarado naquele segundo de despertar. Era possível logo em seguida tentar esquecê-la outra vez, abrandá-la e enfeitá-la posteriormente — e era o que fazíamos, a cada vez. Mesmo assim restava de cada despertar um flash, um abaulamento na superfície lisa da vida, um sobressalto, uma advertência. E sempre que depois nos lembramos de um despertar, não são as reflexões e embelezamentos que retornam, mas sim a experiência em si: o flash, o sobressalto.

Eu, praticamente ainda uma criança, vira diante de mim a infância, que para mim terminava, em pessoa, no rosto do meu irmãozinho, e as considerações e percepções que se desenvolveram em mim nas horas e nos dias seguintes eram apenas cascas se desprendendo, já estavam todas contidas na própria experiência. A minha infância certamente tinha sido bonita e feliz; o que eu tinha visto e o motivo pelo qual meus olhos tinham sido abertos por um instante era uma imagem adorável, suave e meiga. A felicidade num rosto de criança era o que eu tinha visto. Apesar disso fora um flash e um sobressalto, pois o conteúdo de cada despertar é o mesmo. Há milhões de faces para a verdade, mas apenas uma verdade... Sob a forma de um sorriso e de um brilho no olhar, sob a forma de um iluminar-se suave eu tinha podido ver a felicidade, aquela que só possuímos enquanto não a vemos. Parecia maravilhosamente luminosa e cativante, a felicidade. Mas ela possuía também algo do qual seria possível achar graça e se sentir superior, era infantil, e eu tendia até mesmo a considerá-la pueril, simplória. Despertava inveja, mas também deboche, e se eu não era mais capaz daquela felicidade, era capaz de zombaria e crítica.

Isso era o amargo, a acusação que me trouxera o flash do despertar. Mas havia ainda outra coisa amarga na verdade. A primeira só dizia respeito a mim, era de caráter moral, uma vergonha e uma lição. A outra coisa era de caráter mais geral, doía menos naquele momento, mas ao final penetrara mais profundamente — era assim com a verdade, ela era desagradável e implacável. Também a felicidade do meu irmão Hans, que deixara seu rosto tão iluminado, nem essa felicidade era algo confiável, podia fenecer, podia se perder. Eu também a tinha possuído e perdido, e Hans, que ainda a tinha, um dia também a haveria de perder. Por saber disso tudo, sentia em relação a Hans algo além da inveja e do desdém — sentia compaixão. Não uma compaixão ardente e intensa, mas suave, comovida. Da mesma compaixão que temos pelas flores de um campo que o ceifeiro começa a cortar.

HAVERIA COISAS BONITAS, DELICADAS E amáveis a se contar sobre a minha infância, como sobre o quanto me sentia abrigado com meu pai e minha mãe, sobre o amor infantil e muitas vivências frugais divertidas em ambientes de tranquilidade, carinho e limpidez. Entretanto, a mim só interessam os passos que dei na vida para chegar a mim mesmo. Todos os pontos de descanso belos, felizes e paradisíacos, cujo encanto não me era alheio, deixo no brilho da distância sem ansiar por adentrá-los outra vez. Por isso é que só mencionarei, enquanto ainda permaneço na minha infância, as coisas novas que me chegaram, o que me impeliu adiante, me arrebatou.

Esses impulsos chegavam sempre do "outro mundo", sempre traziam consigo medo, obrigações e peso na consciência, eram sempre revolucionários e ameaçavam a paz em que eu gostaria de ter permanecido.

Chegaram os anos em que tive de redescobrir que dentro de mim mesmo vivia uma inquietação ancestral que, à luz do mundo legítimo e iluminado, precisava se recolher e se ocultar. Como para todas as pessoas, o sentimento da sexualidade, que despertava lentamente, chegou também para mim como um inimigo devastador, como algo proibido, como sedução e pecado. O que minha curiosidade procurava, o que despertava em mim sonhos, desejo e medo, o grande mistério da puberdade, nada disso combinava com a beatitude protegida da minha paz infantil. Fiz o mesmo que todos: vivi a vida dupla de uma criança que já não é mais criança. Minha consciência vivia no âmbito familiar, no permitido, e negava o mundo novo que começava a despontar. Paralelamente a isso, porém, eu vivia em sonhos, instintos, desejos de natureza subterrânea, sobre os quais aquela vida consciente construía pontes cada vez mais cheias de medo, pois o mundo infantil em mim ruía.

Como quase todos os pais, também os meus não apoiaram os instintos de vida que despertavam e dos quais não se falava. Com cuidados inesgotáveis, eles ajudavam apenas minhas tentativas desesperançadas de negar a realidade e continuar vivendo num mundo infantil, que era cada vez mais irreal e falso. Não sei se pais conseguem fazer muito nesse caso, e não critico os meus. Era minha responsabilidade lidar comigo mesmo e encontrar meu caminho, e eu a cumpri muito mal, como o faz a maioria das crianças bem-educadas.

Todo ser humano passa por essa dificuldade. Para os medianos, isso é um ponto na vida em que as exigências da própria vida entram mais violentamente em conflito com o mundo a seu redor, onde o caminho para diante tem de ser mais duramente conquistado. Muitos vivenciam esse morrer e renascer, que é nosso destino, só essa única vez na vida, no fenecer e lento desmoronar da infância, quando tudo o que se amou quer nos abandonar e de repente sentimos a solidão e o frio mortal do mundo ao nosso redor. Muitos ficam para sempre pendurados nesse penhasco, grudados a vida inteira, dolorosamente, no passado irreversível, no sonho do paraíso perdido, que é o pior e mais mortal dos sonhos.

Dois mundos

Começo minha história com uma vivência do tempo em que tinha dez anos, e frequentava a escola de latim de nossa cidadezinha.

Muitas coisas me voltam e me comovem internamente com dor e calafrios de prazer: ruelas escuras, casas claras, torres, batidas de relógio, feições, quartos cheios de aconchego e conforto caloroso, quartinhos cheios de segredos e de assombrações profundas. Um cheiro de aperto quente, de coelhos e criadas, remédios caseiros e frutas secas. Lá se confundiam dois mundos, dia e noite emergiam de dois polos.

Um mundo era a casa paterna, mas ele era ainda mais restrito, abrangendo, na verdade, só meus pais. Esse mundo me era, em grande parte, bem conhecido, chamava-se mãe e pai, amor e rigor, exemplo e escola. A esse mundo pertenciam um brilho suave, claridade e limpeza, nele havia falas amáveis e doces, mãos lavadas, roupas limpas, bons modos em casa. Nele se cantava o coral da manhã, nele se festejava o Natal. Nesse mundo havia linhas e caminhos retos que levavam ao futuro, havia dever e culpa, peso na consciência e confissão, perdão e bons propósitos, amor e veneração, a palavra da Bíblia e sabedoria. Era preciso ater-se a esse mundo para que a vida fosse clara e limpa, bela e ordenada.

O outro mundo começava já no meio de nossa própria casa e era totalmente diferente, com outros cheiros, outro modo de falar, de prometer, exigindo outras coisas. Nesse segundo mundo havia criadas e empregados, histórias de fantasmas e boatos sobre escândalos, havia uma enxurrada diversificada de coisas incríveis, sedutoras, terríveis, enigmáticas, coisas como matadouro e prisão, bêbados e mulheres estridentes, vacas parindo, cavalos acidentados, relatos de assaltos, assassinatos e suicídios. Todas essas coisas belas e sinistras, selvagens e cruéis existiam ali ao redor, na ruela mais próxima, na casa vizinha, policiais e bandidos corriam por ali, bêbados batiam em suas mulheres, bandos de jovens meninas jorravam das fábricas ao anoitecer, mulheres velhas podiam nos enfeitiçar e nos fazer adoecer, bandidos moravam na floresta, incendiários eram apanhados por caçadores — por toda parte irrompia e recendia esse segundo mundo brutal, por toda parte, menos nos nossos quartos, onde estavam o pai e a mãe. E isso era muito bom. Era maravilhoso que em nossa casa houvesse paz, ordem e tranquilidade, obrigações e consciência limpa, perdão e amor — e era maravilhoso que existisse todo o resto também, o barulhento e ofuscante, o sombrio e violento, do qual se podia escapar com um pulo no colo da mãe.

O mais estranho era como os dois mundos eram limítrofes, como estavam próximos! Nossa criada Lina, por exemplo, quando à noite na hora da oração se sentava perto da porta da sala, cantando junto com sua voz clara, de mãos lavadas postas sobre o avental alisado, era ali inteiramente parte do pai e da mãe, de nós, das coisas claras e corretas. Logo depois, na cozinha ou no barracão de lenha, quando me contava histórias do homenzinho sem cabeça ou quando, no açougue, brigava com mulheres da vizinhança, ali ela era outra, pertencia ao outro mundo, estava cercada de mistério. E era assim com todas as coisas, sobretudo comigo mesmo. Sem dúvida, eu pertencia ao mundo claro e correto, era filho de meus pais, mas para onde quer que voltasse olhos e ouvidos, encontrava o outro mundo. E eu também vivia nesse outro mundo, embora muitas vezes me parecesse estranho e sinistro, embora lá muitas vezes se ficasse com peso na consciência e medo. Por vezes eu até preferia viver naquele mundo proibido, muitas vezes o retorno à claridade — por melhor e mais necessário que fosse — era quase como uma volta para algo menos belo, mais tedioso e vazio. Às vezes eu sabia: meu objetivo na vida era me tornar alguém como meu pai e minha mãe, tão claro e limpo, tão superior e organizado; mas era um longo caminho até lá, era preciso frequentar a escola, estudar, cumprir tarefas, fazer provas. E o caminho sempre voltava a passar por aquele outro mundo mais sombrio, bem pelo meio dele, e era inteiramente possível acabar ficando por ali e se perder. Havia histórias de filhos perdidos que tinham passado por isso, eu as lera com fervor. Nelas a volta para casa, para o pai, para o bom era sempre tão redentora e grandiosa... Eu sentia fortemente que isso seria a única coisa certa, boa, desejável, mas mesmo assim a parte da história que se passava entre os ímprobos e perdidos era muito mais sedutora e, se a gente pudesse dizer e admitir, no fundo muitas vezes era pena que o filho perdido se arrependesse e fosse encontrado. Mas isso não era algo que se dissesse ou se pensasse. Apenas estava ali, como um pressentimento e uma possibilidade, bem no fundo do peito. Quando pensava no demônio, podia imaginá-lo sem problemas na rua de baixo, disfarçado ou às claras, ou na feira anual ou numa estalagem, porém nunca em nossa casa.

Minhas irmãs também faziam parte do mundo claro. Eram, como muitas vezes me parecia, mais próximas do pai e da mãe, eram melhores, mais educadas e tinham menos defeitos do que eu. Tinham suas falhas e malcriações, mas me parecia que não era nada sério, não era como no meu caso em que o contato com o mal se tornava tão difícil e doloroso, em que o mundo sombrio estava muito mais próximo. Minhas irmãs, assim como meus pais, deviam ser poupadas e respeitadas, e caso brigasse com elas, mais tarde figuraria frente à consciência como tendo sido o malvado, o causador do problema, aquele a quem cabia pedir perdão. Pois, ofendendo as irmãs a gente ofendia os pais, a bondade, a ordem. Havia segredos que eu podia dividir muito mais facilmente com os meninos mais torpes da rua do que com minhas irmãs. Em dias bons, em que tudo estava claro e minha consciência em paz, muitas vezes era delicioso brincar com as irmãs, ser bom e comportado com elas, ter uma imagem de mim mesmo como respeitador e nobre. Devia ser assim quando se era um anjo! Era a coisa mais elevada de que sabíamos e imaginávamos que devia ser doce e maravilhoso ser um anjo, rodeado de música suave e aromas como no Natal, cercado de felicidade. Como eram raros esses dias e horas! Muitas vezes, enquanto estávamos brincando de algo bom, inocente e permitido, eu era tomado por um ardor e uma intensidade que era demais para as irmãs, que levava a brigas e a infelicidade. E quando então a raiva me possuía, eu me tornava horrível, fazia e dizia coisas cuja depravação eu já sentia profunda e ardentemente enquanto as fazia ou dizia. Depois passava horas duras, escuras, de arrependimento e contrição, depois vinha o doloroso momento em que pedia perdão. E então novamente um raio de claridade, uma felicidade tranquila e cheia de gratidão, sem dissensões por horas ou momentos.

Eu frequentava as aulas de latim. O filho do prefeito e o do chefe dos guardas-florestais eram meus colegas de sala e às vezes vinham até nossa casa. Eram meninos indisciplinados, mas apesar disso parte do mundo bom e permitido. Mesmo assim, eu tinha relações estreitas com meninos vizinhos, alunos da escola pública, que em geral desprezávamos. Tenho que começar meu relato com um deles.

Numa tarde livre — eu tinha pouco mais de dez anos —, estava andando com dois meninos da vizinhança. Nisso juntou-se a nós um rapaz maior, forte e rude, de uns treze anos, da escola pública, filho de um alfaiate. Seu pai era alcoólatra e a família inteira tinha má fama. Eu conhecia bem o Franz Kromer, tinha medo dele e não gostei quando se juntou a nós. Já tinha hábitos de homem feito, imitava o andar e falar dos jovens aprendizes da fábrica. Sob seu comando, descemos pelo barranco junto do rio e nos escondemos do mundo debaixo do primeiro arco da ponte. A estreita margem entre a parede curva da ponte e as águas lentas estava cheia de lixo, cacos, ferro-velho, rolos embolados de arame enferrujado e outros detritos. Às vezes, porém, se encontravam também coisas úteis. Sob as ordens de Franz Kromer tínhamos de examinar aquele trecho e lhe mostrar o que tínhamos achado. Então ele ou ficava com aquilo ou jogava na água. Ele nos mandou prestar atenção para ver se havia ali objetos de chumbo, latão ou zinco, que guardou todos, assim como um velho pente de osso. Eu me sentia muto inibido na presença dele, não por saber que meu pai me proibiria de andar com ele se soubesse, mas por medo do próprio Franz. Fiquei contente por ele me aceitar e me tratar como os outros. Ele mandava e nós obedecíamos como se fosse um velho costume, embora aquela fosse minha primeira vez com ele.

Finalmente, nos sentamos no chão, Franz cuspiu na água e parecia um homem. Cuspia por uma falha entre os dentes e acertava onde queria. Começou uma conversa, os meninos contavam vantagens, aumentavam casos de escola e diabruras. Fiquei calado, mas com medo de exatamente por isso chamar atenção e atrair a ira de Kromer. Meus dois camaradas tinham desde o começo se afastado de mim e se aproximado dele, eu era um estranho entre eles e sentia que minha roupa e meus modos eram uma provocação para eles. Como eu era aluno da escola de latim e filhinho de papai, Franz não podia gostar de mim. Quanto aos outros dois, senti muito bem que, se pressionados, me renegariam e me abandonariam.

Por fim, por puro medo, comecei a falar também. Inventei uma grande história de ladrões em que eu era o protagonista. Contei que, certa noite, num jardim perto do moinho, eu teria roubado um saco de maçãs junto a um camarada, mas não das comuns, mas sim das reinetas e douradas, da melhor qualidade. Refugiei-me nessa história dos perigos do momento, estava acostumado a inventar e contar. Para não parar logo e talvez me envolver em coisas mais perigosas, demonstrei toda a minha arte. Contei que um de nós sempre tinha de ficar de vigia enquanto o outro estava na árvore jogando as maçãs para baixo. O saco estava tão pesado que por fim o abrimos de novo e tivemos de deixar a metade para trás, mas depois de meia hora retornamos e pegamos o restante.

Quando terminei esperei alguma reação, afinal eu tinha me animado e me embriagado com minha própria fantasia. Os dois pequenos ficaram calados, esperando. Franz Kromer, entretanto, me encarava com olhos semicerrados e perguntou com voz penetrante:

— É verdade isso?

— Claro — eu disse.

— Verdade verdadeira?

— É, verdade verdadeira — confirmei obstinado enquanto por dentro sufocava de medo.

— Você jura?

Fiquei muito assustado, mas imediatamente disse que sim.

— Então diga: juro por Deus e pelo Espírito Santo!

E eu disse:

— Por Deus e o Espírito Santo!

— Tá certo — disse e se afastou.

Pensei que com isso estava tudo resolvido e fiquei contente quando ele logo se levantou e pegou o caminho de volta. Quando estávamos sobre a ponte eu disse timidamente que tinha de voltar para casa.

— Sem pressa. — Franz riu. — Nosso caminho é o mesmo.

Continuou a passo lento e não me atrevi a fugir, mas ele realmente desceu pelo caminho na direção da nossa casa. Quando chegamos, quando vi a porta de nossa casa e a grossa maçaneta de latão, o sol sobre as janelas e as cortinas do quarto de minha mãe, respirei fundo. Ah, a volta para casa! O bom e abençoado retorno para casa, para a claridade e a paz!

Quando abri depressa a porta me esgueirando para dentro, Franz Kromer se enfiou atrás de mim. No corredor de ladrilhos frio e escuro, ele segurou meu braço e disse baixinho:

— Sem pressa, rapaz!

Eu o encarei, assustado. Seu aperto em meu braço era firme como ferro. Imaginei o que ele poderia querer, se queria me maltratar. Se eu gritasse, pensei, se gritasse bem alto e forte, será que alguém lá de cima chegaria a tempo de me salvar? Mas desisti.

— Que que foi? — perguntei. — O que você quer?

— Não muito. Só preciso te perguntar uma coisa. Os outros não precisam ouvir.

— E aí? O que você quer saber? É que eu tenho que subir.

— Você sabe — disse Franz baixinho. — Quem é o dono do pomar junto do moinho da esquina?

— Não sei não. Acho que é o moleiro.

Franz passou o braço pelo meu corpo e me apertou contra si, para que eu visse seu rosto bem de perto. Seus olhos estavam cheios de fúria, seu sorriso era terrível, sua expressão, cheia de crueldade e força.

— É, rapaz, eu sim posso te dizer de quem é o pomar. Há tempos sei que maçãs foram roubadas e sei também que o homem disse que daria dois marcos a quem lhe dissesse quem as roubou.

— Minha nossa! — exclamei. — Mas você não vai dizer nada para ele, né?

Senti que seria inútil recorrer ao seu sentimento de honra. Ele era daquele outro mundo, para ele traição não era crime. Senti isso com clareza. Nesses assuntos as pessoas do "outro" mundo não eram como nós.

— Não dizer nada? — Kromer riu. — Meu amigo, você acha que sou um falsário e que consigo fazer duas moedas para mim? Sou um sujeito pobre, não tenho pai rico como você. Se posso ganhar dois marcos, tenho que ganhá-los. Talvez ele me dê até mais que isso.

De repente ele me soltou. O saguão da nossa casa não cheirava mais a paz e segurança, meu mundo veio abaixo. Ele me denunciaria, eu seria um criminoso, iriam dizer ao meu pai, talvez chamassem até a polícia. Todos os horrores do caos me ameaçavam, tudo de feio e perigoso se levantava contra mim. O fato de eu nem mesmo ter roubado pouco importava. Além disso, eu tinha jurado. Meu Deus, meu Deus!

Vieram-me lágrimas. Senti que precisava comprar minha liberdade e averiguei desesperado em todos os meus bolsos. Nem maçã, nem canivete, não havia nada. Lembrei então do meu relógio. Era um velho relógio de prata que não funcionava mais, eu o usava por usar. Tinha pertencido a nossa avó. Eu o peguei depressa, e disse:

— Franz, olha só, você não precisa me denunciar, não seria nada legal. Eu quero te dar meu relógio de presente, aqui. Infelizmente não tenho mais nada. Pode ficar com ele, é de prata, o mecanismo é bom, só tem um probleminha que tem que ser consertado.

Ele sorriu e pegou o relógio com a mão enorme. Olhei a mão dele e senti como me parecia tosca e profundamente hostil, como tentava alcançar minha vida e minha paz.

— É de prata — eu disse, timidamente.

— Eu estou me lixando para a sua prata e esse seu relógio estragado! — disse ele com profundo desprezo. — Mande consertar você mesmo!

— Mas, Franz! — exclamei, tremendo de medo de que ele fosse embora. — Espera aí um pouco! Fica com o relógio! É de prata mesmo, de verdade. É que eu não tenho mais nada.

Ele me encarou com frio e desprezo.

— Então você sabe quem vou procurar. Ou posso contar também para a polícia, conheço bem o guarda.

E virou-se para sair. Eu o segurei pela manga da camisa. Não podia ser. Eu preferia morrer a suportar tudo aquilo que viria, caso ele fosse embora daquele jeito.

— Franz — supliquei, rouco de nervoso —, não faça besteira! É brincadeira, não é?

— Claro, brincadeira, mas para você ela pode acabar bem sério.

— Mas me diga o que devo fazer, Franz! Faço qualquer coisa.

Ele me examinou com os olhos entreabertos e riu de novo.

— Não seja bobo! — disse com falsa bondade. — Você sabe tão bem quanto eu. Posso ganhar dois marcos e não sou rico como você para poder jogar isso fora, você sabe disso. Você sim é rico, tem até um relógio. Basta que me dê dois marcos, e tudo ficará bem.

Entendi a lógica dele. Mas dois marcos! Para mim era um valor tão alto e tão inatingível quanto dez, cem ou mil marcos.

Eu não tinha dinheiro. Havia um cofrinho no quarto de minha mãe, com algumas moedas de dez ou cinco centavos, oriundas de visitas de tios ou coisas assim. Fora isso eu não tinha nada. Na minha idade eu ainda não recebia mesada.

— Eu não tenho nada — disse com tristeza. — Não tenho dinheiro nenhum. Mas posso te dar todo o resto. Tenho um livro de histórias de índios, soldadinhos, uma bússola. Vou pegar para você.

Kromer contraiu a boca desafiadora, carrancuda e cuspiu no chão.

— Deixa de besteiras! — disse Kromer de modo imperativo. — Pode ficar com suas tralhas. Uma bússola! Você está começando a me irritar, viu, passa logo o dinheiro!

— Mas eu não tenho, nunca me dão dinheiro. Não é culpa minha!

— Então você vai me trazer os dois marcos amanhã. Depois da aula vou esperar lá embaixo, no mercado. Se não trouxer o dinheiro, você vai ver!

— Mas de onde é que vou tirar dinheiro, meu Deus, se eu não tenho nenhum?

— Na sua casa tem dinheiro bastante. Problema seu. Então: amanhã depois da aula. E estou te falando: se você não trouxer... — Ele me fulminou com seu olhar terrível, cuspiu mais uma vez e desapareceu como um fantasma.

Eu não podia subir as escadas. Minha vida fora destruída. Pensei em fugir e nunca mais voltar, ou me afogar. Mas não eram imagens nítidas. Sentei-me no escuro, no degrau mais baixo da escada de nossa casa, me encolhi todo e me entreguei à infelicidade. Lina me encontrou ali chorando quando desceu com uma cesta para pegar lenha.

Pedi que não contasse nada lá em cima e subi. No gancho ao lado da porta de vidro estavam o chapéu do meu pai e a sombrinha de minha mãe, um sentimento de lar e ternura vindo desses objetos me inundava, meu coração os saudou, suplicante e grato, como o filho pródigo ao rever e sentir outra vez o cheiro do lar. No entanto, nada daquilo me pertencia mais, era o mundo luminoso dos meus pais, eu tinha mergulhado fundo e por culpa própria em outras águas, tinha me envolvido em aventura e pecado, tinha sido ameaçado pelo inimigo e aguardava perigos, medo e humilhação. O chapéu e a sombrinha, o bom e velho piso de arenito, o grande quadro em cima do armário no corredor e, dentro, vindo da sala, a voz de minha irmã mais velha, isso tudo era, mais do que nunca, agradável, aconchegante e prazeroso, mas não era mais um consolo nem algo seguro, era só repreensão. Isso tudo não me pertencia mais, eu não podia tomar parte nessa alegria e quietude. Trazia sujeira nos pés, que não tinha podido limpar no capacho, trazia sombras comigo, das quais o mundo familiar nada sabia. Por mais segredos e receios que eu já tivesse tido, eles pareciam brincadeira diante do que eu hoje trazia comigo a esse recinto. Um rastro de destino me perseguia, mãos me buscavam, das quais nem minha mãe podia me proteger, das quais ela nem deveria ficar sabendo. Se meu crime era roubo ou mentira, não fazia diferença — afinal, eu não tinha feito um falso juramento por Deus e o Espírito Santo? Meu pecado não era nem uma coisa nem outra, meu pecado era ter dado a mão ao Diabo. Por que tinha ido com eles? Por que tinha obedecido ao Kromer mais do que jamais obedecera a meu pai? Por que tinha inventado aquela mentira do roubo, me vangloriado de um crime como se fosse um ato de heroísmo? Agora o Diabo segurava minha mão, o inimigo estava atrás de mim.

Por um instante não tive mais medo do dia seguinte, mas a certeza terrível de que meu caminho agora seria ladeira abaixo rumo à escuridão. Eu sentia claramente que outros crimes seguiriam aquele, que minha presença junto dos irmãos, meu beijo e saudação aos pais eram uma farsa, que eu carregava um destino e um segredo escondidos dentro de mim.

Por um instante senti um clarão de confiança e esperança se acender dentro de mim ao avistar o chapéu do meu pai. Eu contaria tudo a ele, aceitaria sua sentença e castigo, faria dele meu confidente e salvador. Seria apenas uma penitência, como já me tinham sido impostas muitas outras, um momento difícil e amargo, um pedido de perdão difícil e contrito.

Aquilo soava tão bem! Era tão convincente! Mas no fundo era impraticável. Eu sabia que não ia fazer isso. Eu sabia que agora tinha um segredo, uma culpa pela qual eu tinha de pagar sozinho. Talvez esse exato momento fosse decisivo, talvez de agora em diante eu tivesse de pertencer sempre ao mal, dividindo segredos com pessoas ruins, dependendo delas, obedecendo a elas, tornando-me igual a elas. Tinha bancado o homem, o herói, agora precisava arcar com as consequências.

Fiquei aliviado que meu pai, quando eu entrei, reparou nos meus sapatos molhados. Era uma distração em relação ao pior. Suportava uma repreensão que em segredo relacionava à outra. Com isso surgiu em mim um sentimento estranhamente novo, mau e áspero, cheio de pontas: eu me senti superior a meu pai! Por um instante senti certo desprezo pela sua ignorância, sua reprimenda em relação aos sapatos molhados me pareceu mesquinha. Se você soubesse!, pensei, e me senti como um criminoso que, tendo assassinatos a confessar, fosse interrogado sobre o roubo de um pãozinho. Era um sentimento feio e repulsivo, mas possuía um apelo profundo e me prendia mais forte que qualquer outro pensamento sobre o meu segredo e a minha culpa. Talvez, pensei, o Kromer agora já tenha ido à polícia e me denunciado e uma tempestade esteja se formando sobre mim, enquanto aqui sou tratado como uma criancinha!

De toda essa experiência que aqui relato, esse momento foi o mais importante e permanente. Foi uma primeira mácula na santidade do pai, um primeiro golpe nos pilares sobre os quais tinha repousado minha infância — pilares que cada pessoa precisa ter destruído antes de poder se tornar ela mesma. Dessas vivências que ninguém presencia se constitui a linha interna e essencial do nosso destino. Esse corte e essa fratura sempre voltam a se fechar, saram e são esquecidos. Mas no recanto mais secreto continuam a viver e sangrar.

Eu mesmo imediatamente tive horror ao novo sentimento, logo em seguida tive vontade de beijar os pés do meu pai para ser desculpado. Mas não é possível desculpar algo tão essencial — uma criança sabe e sente isso tão bem e tão profundamente quanto um sábio.

Eu sentia necessidade de refletir sobre minha situação, ponderar caminhos para o dia seguinte; mas não consegui. Passei o resto da noite tentando me habituar ao clima diferente na nossa sala. Era como se relógio de parede e mesa, Bíblia e espelho, prateleira de livros e quadros na parede se despedissem de mim. Eu tive de assistir com o coração gelado ao meu mundo, à minha vida boa e feliz se tornando passado e se separando de mim. Senti como estava arraigado lá fora no escuro, no estranho, com raízes novas e sedentas. Pela primeira vez senti o sabor da morte. E a morte tinha gosto amargo, pois é nascimento, é medo e terror diante da renovação implacável.

Fiquei feliz quando enfim estava deitado em minha cama! Antes disso, como uma última provação, eu passara pela oração da noite em que cantamos um hino que era um dos meus preferidos. Não cantei junto, cada nota era como álcool numa ferida. Não rezei quando meu pai pronunciou a bênção, e, quando concluiu com "...esteja conosco!", um arroubo me arrancou daquele círculo. A piedade de Deus estava com todos eles, mas não mais comigo. E me afastei, exausto e frio.

Quando estava deitado algum tempo na cama, quando o calor e o conforto me cingiam amorosamente, meu coração voltou a se perder no medo, esvoaçava angustiado em volta do ocorrido. Minha mãe me dera boa-noite como sempre, seus passos ainda soavam no quarto, a luz da sua vela ainda brilhava pela fresta da porta. Agora, pensei, ela vai voltar, ela sentiu. Vai vir me dar um beijo e perguntar, de maneira bondosa e promissora, se está tudo bem. E aí vou poder chorar, o nó na garganta vai se desfazer, vou abraçá-la e contar tudo e aí vai ficar tudo bem, será a minha salvação! E quando a fresta da porta já tinha escurecido, fiquei escutando ainda um tempo, achando que aquilo tinha de acontecer de qualquer jeito.

Depois disso, voltei para a situação e encarei meu inimigo olhos nos olhos. Eu o via perfeitamente, um olho apertado, um riso cruel na boca e, enquanto eu o fitava e o inevitável me consumia, ele crescia, ficava cada vez mais feio, seu olho maligno faiscava diabolicamente. Ficou ali, colado em mim até eu adormecer. Porém, não sonhei com ele, nem com aquele dia, sonhei que estávamos num barco, meus pais, irmãs e eu, rodeados da paz e do brilho de um dia de férias. Acordei no meio da noite ainda sentindo o gosto da felicidade, ainda vendo os vestidos de verão brancos das minhas irmãs reluzindo no sol e caí do paraíso de volta à realidade em que tinha à minha frente novamente o inimigo com um olho maléfico.

De manhã, quando minha mãe veio apressada dizer que já era tarde e perguntar por que eu ainda estava na cama, meu aspecto era ruim. Quando perguntou o que eu tinha, vomitei.

Com isso, a situação parecia ter ficado melhor. Eu adorava estar um pouco doente e poder ficar deitado na cama com chá de camomila a manhã inteira, ouvir a mãe arrumando o quarto vizinho e Lina recebendo o açougueiro lá fora. Uma manhã sem aula era algo mágico e encantador, o sol brincava no quarto, não era o mesmo sol contra o qual baixávamos as cortinas verdes na escola. Mas nem aquilo tinha o mesmo sabor hoje, tudo soava errado.

Ah, se eu tivesse morrido! Mas estava apenas um pouco enjoado, como outras vezes, e isso não resolveria nada. Isso me protegia da escola, mas não do Kromer, que estaria esperando por mim no mercado às onze. O carinho da minha mãe dessa vez não me consolava; me incomodava e me doía. Logo fingi estar dormindo e comecei a refletir. Não adiantava nada, às onze eu tinha de estar no mercado. Por isso me levantei às dez sem fazer barulho e disse que me sentia bem de novo. Como sempre nesses casos, me disseram que ou voltasse para a cama ou teria de ir para a escola à tarde. Eu disse que queria ir. Tinha arquitetado um plano.

Não podia chegar lá sem dinheiro. Precisava pegar o cofrinho, que era meu. As moedas não bastavam, nem de longe, eu sabia; mas era alguma coisa e um pressentimento me dizia que era melhor que nada, que Kromer ao menos se amansaria.

Senti-me muito mal ao me esgueirar de meias no quarto de minha mãe e pegar meu cofrinho da mesa dela; mas não era uma sensação tão ruim quanto a de ontem. Meu coração batia tanto que quase me sufocava e a situação não melhorou quando descobri, numa primeira inspeção lá embaixo na escada, que o cofre estava fechado a chave. Arrombá-lo foi fácil, bastava partir umas barras de metal; mas parti-las foi doloroso porque só naquele momento eu cometera meu primeiro roubo. Até ali eu tinha quando muito provado disfarçadamente um torrão de açúcar ou uma fruta. Agora aquilo era roubo, embora o dinheiro fosse meu. Senti que com isso estava um passo mais próximo de Kromer e seu mundo, descendo degrau a degrau, mas mesmo assim me obstinei. Ainda que eu fosse para o inferno, agora não havia caminho de volta. Contei o dinheiro com apreensão. O cofrinho parecia tão cheio quando o sacudi, mas o montante agora na minha mão era uma miséria. Sessenta e cinco centavos. Escondi o cofrinho no corredor do andar de baixo e, com o dinheiro na mão fechada, saí de casa de um jeito diferente do que jamais tinha saído por aquele portão. Pareceu-me ouvir alguém me chamando do andar de cima, mas me afastei rápido dali.

Havia muito tempo ainda, eu dava voltas pelas ruelas de uma cidade transformada, debaixo de nuvens nunca vistas, passando por casas que me encaravam e pessoas que pareciam suspeitar de mim. Pelo caminho me ocorreu que um colega de escola certa vez tinha encontrado uma moeda no mercado. Eu queria rezar para que Deus fizesse um milagre e fizesse com que eu também tivesse a mesma sorte. Mas eu não tinha mais direito de rezar. E mesmo nesse caso, o cofrinho não voltaria a ficar intacto.

Franz Kromer me viu de longe, mas veio vindo bem devagar na minha direção, parecia não prestar atenção em mim.

Quando estava perto, fez um gesto de comando para que eu o seguisse e continuou a descer calmamente pela rua, sem se virar uma só vez. Cruzou a pequena ponte, até parar na frente de uma casa em construção, uma das últimas da rua. Ali não havia ninguém trabalhando, apenas paredes nuas sem portas ou janelas. Kromer olhou em volta e entrou pela porta, eu atrás. Ele foi para detrás da parede, acenou me chamando e estendeu a mão.

— Conseguiu? — perguntou friamente.

Tirei do bolso a mão fechada e despejei meu dinheiro na sua mão estendida. Antes mesmo de o último centavo tilintar ele já tinha contado.

— Isso são sessenta e cinco centavos — disse ele me encarando.

— É — eu disse timidamente. — É tudo o que tenho, sei que não é o suficiente. Mas é tudo. Não tenho mais.

— Achei que você fosse mais inteligente — repreendeu ele de um jeito quase suave. — Homens de honra têm de cumprir sua palavra. Não quero te tomar nada que não seja de direito, você sabe disso. Pode guardar seus níqueis. O outro, você sabe quem, não vai ficar tentando pechinchar. Ele paga.

— Mas eu não tenho mais mesmo! Essas são todas as minhas economias.

— Problema seu. Mas não quero te deixar infeliz. Você ainda me deve um marco e trinta e cinco centavos. Quando os receberei?

— Eu pago com certeza, Kromer! Agora não sei, talvez logo eu tenha mais, amanhã ou depois. Você entende que não posso contar isso ao meu pai.

— Isso é problema seu. Não estou querendo te prejudicar, mas eu já podia ter meu dinheiro antes do meio-dia. Você sabe, eu sou pobre. Você está aí com roupas bonitas, almoça melhor do que eu... Mas não vou dizer mais nada. O jeito é esperar mais um pouco. Depois de amanhã vou dar um assobio, de tarde, aí você acerta comigo. Conhece meu assobio?

Ele mostrou o assobio, que eu já tinha ouvido várias vezes.

— Conheço — eu disse —, conheço, sim.

Ele foi embora como se não tivéssemos estado juntos. Eram negócios entre nós dois, nada mais.

Acho que ainda hoje o assobio do Kromer me assustaria se eu o escutasse de repente. A partir daquele dia eu o ouvia frequentemente, parecia que eu o ouvia sempre, o tempo todo. Não havia nenhum lugar, nenhum brinquedo, nenhum trabalho ou pensamento a que esse assobio não chegasse, tornando-me dependente, tornando-se meu destino. Às vezes, quando eu estava no nosso pequeno jardim, que eu amava, nas doces, coloridas tardes de outono, um estranho impulso me fazia retomar as antigas brincadeiras de criança. Eu brincava de ser um menino mais novo, que ainda era bom e livre, inocente e protegido. Mas no meio da brincadeira, soava de alguma parte o já aguardado e ainda assim sempre perturbador e surpreendente assobio do Kromer, interrompia tudo, destruía a fantasia. Aí eu tinha de ir, seguir meu torturador a lugares horríveis, tinha de lhe prestar contas e escutá-lo cobrar o dinheiro. Isso tudo deve ter durado algumas semanas, mas me pareceram anos, me pareceu uma eternidade. Eu raramente tinha dinheiro, alguns centavos roubados da mesa da cozinha quando Lina deixava o cesto do mercado ali. A cada vez eu era objeto de zombaria e desprezo do Kromer. Para ele era eu quem queria enganá-lo e descumprir seu direito, era eu quem o roubava, quem o tornava infeliz! Poucas vezes na vida senti tamanha aflição, nunca senti maior desesperança e maior dependência.

Enchi o cofrinho com moedas de brinquedo e coloquei no seu lugar de sempre, ninguém se deu conta de nada. Mas aquilo também poderia recair sobre mim a qualquer dia. Mais do que o assobio tosco do Kromer, eu temia minha mãe, quando chegava silenciosa perto de mim — não seria para me perguntar sobre o cofrinho?

Como apareci diante do meu carrasco muitas vezes sem dinheiro, ele começou a me torturar e manipular de outro jeito. Eu tinha de trabalhar para ele. Ele tinha de resolver assuntos para seu pai, agora era eu quem deveria fazê-lo. Ou ele me encarregava de fazer algo bem difícil, saltar num pé só por dez minutos, pregar um pedaço de papel na roupa de algum passante. Em meus sonhos por muitas noites eu continuava com essas torturas e acordava suado do pesadelo.

Por algum tempo, adoeci. Vomitava frequentemente, estava sempre com frio, mas à noite tinha calores e suava. Minha mãe sentia que algo estava errado e demonstrava querer ajudar, mas isso me atormentava porque eu não conseguia retribuir sua confiança.

Certa vez, quando eu já estava na cama, ela me trouxe um pedacinho de chocolate. Era uma lembrança de anos atrás quando à noite, sempre que eu tinha me comportado bem, muitas vezes ganhava uma guloseima antes de adormecer. Lá estava ela agora, com um pedacinho de chocolate. Aquilo me doeu tanto que só consegui recusar com a cabeça. Ela perguntou o que eu tinha, acariciou meu cabelo. Eu só consegui gritar:

— Nada! Nada! Não quero nada. — Ela deixou o chocolate na mesa de cabeceira e saiu. Quando no dia seguinte quis falar comigo sobre aquilo, fingi ter esquecido. Certa vez ela trouxe o médico, que me examinou e receitou compressas de água fria de manhã.

Meu estado naquela época era uma espécie de demência. No meio da paz ordenada da nossa casa, eu vivia tímido e atormentado como um fantasma, não participava da vida dos outros, raramente esquecia meus problemas por uma hora. Com meu pai, que muitas vezes me questionava, exaltado, eu estava sempre fechado e frio.

Quando crianças, vivemos várias vezes a situação de estarmos sentados em frente a um quadro numa escola ou numa igreja morrendo de vontade de rir, mas sem poder fazê-lo e tendo de segurar o riso de alguma forma, seja por causa de um professor, dos pais, da ordem, das regras. A contragosto acreditávamos nesses professores e obedecíamos a eles, obedecíamos a esses pais e ficávamos espantados, como ficamos até hoje, ao ver que quem estaria por trás de suas ordens, doutrinas religiosas e de boa conduta era Jesus, que tinha beatificado exatamente as crianças. Será que ele se referia mesmo só às crianças exemplares?

No fundo, sempre guardei a sensação de viver dos meus anos de criança e sentia a idade adulta e o entrar dos anos como uma espécie de comédia.

O adulto que aprendeu a transformar uma parte de suas emoções em pensamento procura em vão esses pensamentos na criança de outrora e, ao não encontrá-los, conclui que as vivências também não teriam existido.

Nunca estimei muito o educar, quer dizer, sempre desconfiei fortemente da possiblidade de se transformar ou melhorar o ser humano de alguma forma através da educação. Em vez disso, confiava de certa forma na suave capacidade de persuasão do belo, da arte, da poesia. Foram antes elas que, em minha juventude, me formaram e despertaram meu interesse em relação ao mundo intelectual, e não a "educação" oficial ou privada.

Com a escola começava, assim, minha vida social. Nela, a existência se torna primeiramente uma reprodução do mundo em menor escala. Nela, as leis e medidas da vida "real" passam a valer. Nela começam esforços e desesperos, conflitos e consciência individual, insuficiências e dilemas, lutas e respeito, bem como todo o ciclo interminável dos dias. A começar pela divisão do tempo em rotina e tempo livre! Temos de viver e trabalhar em função de horários, cada dia adquire uma importância e um valor fixo, destacando-se do tempo como uma parte específica. A impalpabilidade de meses e estações do ano, a vida como um contínuo acabam. Celebrações, domingos, aniversários não se apresentam mais para nós como surpresas, seu momento e seu retorno se tornam fixos como os números que indicam as horas nos relógios. Passamos a saber quanto tempo o ponteiro leva para alcançá-los.

Dos meus tempos de estudante

Duas foram as vezes durante meus anos de estudante em que tive um professor a quem podia respeitar e amar, a quem podia atribuir sem hesitação a mais alta autoridade e que conseguia me comandar com um piscar de olhos. O primeiro deles se chamava Schmid, era professor na escola de latim de Calw, um professor que todos os outros alunos detestavam, muito temido por ser firme, amargo, mal-humorado. Ele se tornou importante para mim porque foi durante seu período de ensino (todos na classe tinham doze anos) que começaram as aulas de grego. Nós, alunos de uma escola de latim pequena e meio rural, estávamos habituados a professores que ou temíamos e odiávamos, dos quais nos esquivávamos e a quem mentíamos, ou que ridicularizávamos e desprezávamos. Poder eles tinham — quanto a isso não havia dúvida. Um poder enorme, conquistado sem merecimento, do qual abusavam muitas vezes de forma terrível e desumana (naquele tempo golpes de palmatória ou puxões de orelha eram frequentemente prolongados até o sangramento), mas esse poder dos docentes era meramente um poder hostil, temido e odiado. Que um professor pudesse ter poder por estar num patamar acima de nós, por defender o intelecto e a humanidade, por nos apresentar os contornos de um mundo mais elevado, isso ainda não tínhamos vivenciado com nenhum dos nossos professores das classes mais básicas da escola de latim. Tínhamos conhecido alguns professores camaradas, que tornavam a escola menos tediosa para si mesmos e para nós ao evitarem nos dar as notas mais baixas olhando pela janela ou lendo romances enquanto copiávamos uns dos outros alguma tarefa escrita. Tivemos também professores cruéis, sombrios, furiosos, coléricos, que nos puxavam os cabelos e batiam em nossas cabeças (um deles, um grandalhão de pavio curto, costumava acompanhar a acentuação de uma reprimenda a um mau aluno batendo na cabeça deste com a pesada chave de sua casa). Que pudesse haver professores a quem o aluno seguisse encantado e com prazer, pelo qual ele se esforçasse de bom grado, de quem ele até mesmo relevasse injustiças e maus humores, a quem ele fosse grato pela descoberta de um mundo mais elevado e a quem quisesse expressar essa gratidão — até aquele momento ignorávamos essa possibilidade.

Então passei para a turma da quarta série do professor Schmid. Dos cerca de vinte e cinco alunos dessa turma, cinco tínhamos optado pelos estudos humanistas, éramos chamados de "humanistas" ou "gregos" e, enquanto o resto da classe tinha aulas mundanas, como desenho, história natural e coisas do gênero, nós tínhamos introdução ao grego com o professor Schmid. Ele definitivamente não era um professor popular; era um homem abatido, pálido, preocupado e com olhar azedo, barba bem-feita, cabelo escuro, com ar quase sempre sério e severo. E quando era engraçado, seu tom era sarcástico. O que nele me conquistou, contrariando a opinião geral de toda a turma, não sei dizer. Talvez a impressão de infelicidade que passava. Era abatido e parecia sofrer de algum mal, tinha uma esposa delicada e doente, que quase não aparecia, e vivia, de resto, como todos os nossos professores, numa pobreza terrível. Alguma circunstância, talvez a enfermidade da mulher, o impedia de fazer como os demais mestres e aumentar seu magro salário por meio de uma pensão, o que lhe conferia um certo ar de nobilidade em relação aos demais professores. Além disso havia o grego. Nós cinco escolhidos entre os colegas nos sentíamos como uma aristocracia intelectual, nossa meta eram os estudos mais elevados, enquanto os colegas estavam destinados a serem operários ou comerciantes. E assim começamos a aprender essa língua antiga e misteriosa, muito mais antiga, mais misteriosa e mais nobre do que o latim. Uma língua que não se aprendia para se ganhar dinheiro ou viajar pelo mundo, mas simplesmente para se conhecer Sócrates, Platão e Homero...

Esse professor Schmid não facilitou nem um pouco nosso ano escolar. Ao contrário, ele até o dificultava bastante, muitas vezes sem necessidade. Ele exigia muito, ao menos de nós "humanistas" e não era apenas severo e muitas vezes rígido, mas também frequentemente temperamental. Podia ter crises de raiva durante as quais todos nós, inclusive eu, morríamos de medo, como num açude um peixinho jovem teme o peixe adulto predador. Isso eu já conhecia de outros professores; com o Schmid, entretanto, vivenciei algo diferente: tive, juntamente ao temor, fervor. Aprendi que se podia amar e venerar uma pessoa ainda que ela fosse um adversário, ainda que fosse mal-humorada, injusta e cruel. Às vezes, quando estava em um de seus momentos sombrios e, do rosto esguio por baixo dos longos cabelos pretos, nos lançava um olhar de sofrimento, pesar e raiva, me levava a pensar no rei Saul e suas obnubilações. Mas depois ele se recuperava, ajeitava sua fisionomia, desenhava letras gregas no quadro de giz e dizia coisas sobre gramática e língua gregas que eu sentia serem mais do que apenas matérias escolares. Fiquei apaixonado pelo grego, embora tivesse medo das aulas. Eu desenhava no meu caderno muitas letras gregas, como ípsilon, psi, ômega, maravilhado e deslumbrado como se fossem símbolos mágicos... Duas vezes ele saiu para passear comigo, caminhamos ao ar livre, sem gramática, sem grego, e nesses dois passeios curtos ele foi amável e bondoso, nada de sarcasmos, nada de crises de raiva, perguntando o que eu gostava de fazer, meus sonhos para o futuro. E a partir de então passei a adorá-lo, embora, assim que eu me sentava na sua sala de aula, ele parecesse esquecer completamente os passeios...

Não muito depois de eu ter concluído o ano escolar do qual o professor Schmid era titular, deixei minha terra natal e a escola e fui levado pela primeira vez ao estrangeiro. Isso se deu em parte por motivos educacionais, pois eu tinha me tornado então um filho problemático e malcriado, meus pais não conseguiam mais lidar comigo. Além disso, era preciso que eu me preparasse o melhor possível para o "exame estadual". Essa prova estatal, que acontecia anualmente no verão e valia para toda a região de Württemberg, era muito importante, pois quem era aprovado conseguia uma vaga como bolsista em um dos "seminários" de teologia. Essa carreira havia sido prevista também para mim. Havia algumas escolas no estado que se dedicavam especificamente à preparação para esse exame, e foi para uma delas que fui mandado. Era a escola de latim de Göppingen, onde havia anos o antigo reitor Bauer trabalhava como preparador para o exame. Era conhecido em todo o estado e circundado, ano após ano, por multidões de pupilos esforçados advindos dos rincões mais remotos da região.

O reitor Bauer tinha tido, anos antes, fama de pedagogo rude, adepto da violência. Um parente meu, mais velho, tinha sido aluno dele havia muitos anos e fora por ele duramente castigado. Agora Bauer já era idoso e considerado um excêntrico, era visto como um professor que exigia bastante dos alunos, mas que também podia ser simpático com eles. Mesmo assim não era pouco o meu medo enquanto esperava diante do gabinete do famoso reitor segurando a mão da minha mãe após a primeira dolorosa despedida da casa paterna. Acho que num primeiro momento, quando veio até nós e nos convidou a entrar em seu gabinete, minha mãe não foi nem um pouco com a cara dele: um velho corcunda com cabelo grisalho despenteado, olhos avermelhados um pouco saltados, vestido num traje verde desbotado indescritível, com um corte de roupa de avô, os óculos bem na ponta do nariz e segurando na mão direita um cachimbo tão longo que chegava quase até ao chão e com um grande fornilho de porcelana. Bauer sugava dele ininterruptamente enormes nuvens de fumaça e as soprava no escritório enfumaçado. Nem mesmo durante as aulas se separava do cachimbo. Esse velhinho extravagante, com sua postura curvada e desleixada, suas roupas velhas e malcuidadas, seu olhar melancólico e ensimesmado, suas pantufas gastas, seu cachimbo comprido e fumacento me parecia um velho feiticeiro a cujos cuidados eu agora seria confiado. Talvez fosse terrível conviver com esse macróbio de cabeça branca, cinzento, empoeirado e recluso, mas podia ser também totalmente estimulante e maravilhoso — de qualquer modo seria algo especial, uma aventura, uma experiência de vida. Eu estava pronto e ansioso para ir ao seu encontro...

A relação entre professor e aluno que eu começara a conhecer em Calw com o professor Schmid, aquela tão infinitamente fecunda e, ao mesmo tempo, tão sutil relação entre um guia intelectual e uma criança talentosa, alcançou entre o reitor

Bauer e eu seu pleno esplendor. O velhinho esquisito, de aparência quase assustadora, com incontáveis particularidades e bizarrices, com olhar tão atento e melancólico por detrás dos finos óculos verde-claros, que sempre enchia nossa sala de aula apertada e lotada com a fumaça do seu longo cachimbo, durante algum tempo se tornou para mim um líder, um modelo, um juiz, um venerado semideus. Tínhamos além dele mais dois professores, mas para mim era como se nem existissem; desapareciam atrás do amado, temido, venerado senhor Bauer, como se tivessem uma dimensão a menos, feito sombras... Naquele tempo, enquanto minha juventude ainda estava em plena florescência e os primeiros sinais e pressentimentos de amor sexual despertavam, a escola, essa instituição que eu em geral tanto negligenciava e desprezava, foi por mais de um ano o centro da minha vida, em torno do qual tudo girava, até mesmo os sonhos, até meus pensamentos durante as férias. Eu, que fora outrora um aluno sensível e crítico, que sempre tentava evitar a todo custo qualquer dependência e submissão, tinha sido cativado e encantado completamente por aquele velhote enigmático simplesmente porque ele apelava para os mais altos ideais e aspirações em mim, porque aparentemente nem enxergava minha imaturidade, minhas malcriações e minhas inferioridades, porque presumia o melhor em mim e considerava o mais alto desempenho como algo natural. Não precisava de muitas palavras para fazer um elogio. Quando dizia sobre um trabalho meu de latim ou grego "Está muito bom, Hesse", eu passava vários dias feliz e motivado. E se ele, em algum momento, enquanto passava sem nem me olhar, sussurrava "Não estou muito satisfeito, você conseguiria fazer melhor", eu sofria e me esforçava loucamente para me reconciliar com o semideus. Muitas vezes falava em latim comigo, traduzindo meu nome como "Chattus".

Não tenho ideia sobre em que medida essa experiência de uma relação excepcional com o reitor era partilhada por meus colegas. Alguns preferidos, entretanto, meus camaradas e rivais mais próximos, estavam, como eu, visivelmente sob o encantamento do velho pescador de almas e recebiam naquele tempo a bênção da vocação, sentiam-se como iniciados nos degraus mais baixos de uma consagração. Se tento entender psicologicamente minha própria juventude, penso que o melhor e mais relevante nela foi, apesar de algumas rebeldias e derrocadas, uma certa capacidade de veneração. Os momentos em que minha alma mais cresceu e floresceu foram quando pôde venerar, adorar, buscar objetivos mais elevados. Essa felicidade, cujos primórdios meu pai entendera e cultivara, que quase murchara durante uma série de professores inaptos, medíocres, indiferentes, que tinha se recuperado um pouco com o amargo professor Schmid, se desenvolveu completamente com o reitor Bauer pela primeira e última vez na minha vida.

Se o nosso reitor não fosse capaz de nada além de fazer com que alguns alunos mais ideais se apaixonassem por latim e grego e insuflar neles a crença em uma vocação intelectual e sua responsabilidade, isso já teria sido algo grandioso e merecedor de gratidão. O idiossincrático, o raro nesse professor, entretanto, era sua capacidade de não apenas descobrir os mais intelectuais entre seus alunos, fomentar e apoiar seu idealismo, mas também de respeitar a idade deles, as imaturidades, as brincadeiras. Bauer não era apenas um venerado Sócrates, era também um educador engenhoso e altamente original, que sabia como tornar a escola agradável aos seus meninos de treze anos. Esse sábio, que nos ensinava a sintaxe latina e a morfologia grega tão brilhantemente, tinha constantemente ideias pedagógicas que nos encantavam. É preciso que se tenha uma ideia da severidade, do rigor e da monotonia de uma escola de latim daqueles tempos para se poder imaginar o quão inovador, original e genial esse homem era no meio de uma casta de funcionários públicos áridos. Mesmo sua aparência, sua figura fantástica, que inicialmente despertava crítica e zombaria, logo se tornou instrumento de autoridade e disciplina. Suas idiossincrasias e gostos, que a princípio não pareciam nada adequados para reforçar sua autoridade, se tornavam novos materiais educativos. Seu longo cachimbo, por exemplo, que minha mãe tinha achado repugnante, depois de pouco tempo já não era mais para nós alunos um atributo ridículo ou incômodo, mas uma espécie de cetro, um símbolo de poder. Aquele a quem fosse permitido segurar por um momento seu cachimbo, aquele a quem ele encarregasse de o esvaziar e cuidar, era invejado como um escolhido. Havia ainda outros trabalhos voluntários aos quais nos candidatávamos com fervor. Havia o cargo de espanador, que exerci com orgulho durante algum tempo. Consistia em tirar o pó do púlpito do reitor diariamente, ainda por cima com duas patas de coelho que ficavam na parte mais alta do púlpito. Quando um dia me tiraram o cargo e o passaram a um outro aluno, foi uma dura pena para mim.

Quando, num dia de inverno, estávamos sentados na sala de aula abafada e enfumaçada e o sol brilhava lá fora diante das janelas congeladas, nosso reitor podia de repente dizer: "Meninos, aqui dentro está um cheiro horrível e lá fora o sol está brilhando. Apostem uma corrida em torno do prédio, mas antes abram bem as janelas!". Ou quando nós, candidatos ao exame estadual, estávamos sobrecarregados com trabalhos extras, ele nos convidava subitamente para subirmos até seu apartamento. Lá, num quarto diferente, havia sobre uma mesa gigantesca várias caixas cheias de soldadinhos de chumbo, que posicionávamos em exércitos e frentes de combate, e, quando a batalha começava, o reitor soprava solenes nuvens de fumaça sobre os batalhões.

Educação de verdade não é educação para uma finalidade específica, ela possui, assim como qualquer esforço na direção do aperfeiçoamento, sentido em si mesma. Assim como a busca por força física, destreza e beleza não possui uma finalidade específica, como por exemplo nos tornar ricos, famosos e poderosos. Ela encerra em si mesma sua recompensa ao intensificar nossa experiência de vida e nossa autoconfiança, nos tornando mais alegres e felizes e nos proporcionando uma sensação mais profunda de segurança e saúde. Da mesma forma, também a busca por "educação", isto é, por aperfeiçoamento espiritual e intelectual, não é um caminho árduo rumo a objetivos determinados, mas sim uma ampliação prazerosa e revigorante da nossa consciência, um enriquecimento das nossas possibilidades na vida e na felicidade. Por isso educação de verdade, assim como o verdadeiro cultivo do físico, é ao mesmo tempo realização e impulso, alcança a todo momento seu objetivo sem nunca chegar a um fim, é uma rota no infinito, uma ressonância com o universo, uma convivência na atemporalidade. Seu objetivo não é o aumento do desempenho e de capacidades individuais, mas nos ajudar a dar sentido à nossa vida, interpretar o passado e permanecer corajosamente abertos para o futuro.

Dos caminhos que conduzem a essa educação, um dos mais importantes é o estudo da literatura mundial, o paulatino tornar-se íntimo com o gigantesco tesouro de ideias, experiências, símbolos, fantasias e desejos que o passado nos legou nas obras dos escritores e dos pensadores de diversos povos. Esse caminho é interminável, ninguém jamais poderá chegar ao seu fim, ninguém jamais poderia estudar e conhecer plenamente toda a literatura de sequer um único povo civilizado, muito menos a de toda a humanidade. Em compensação, cada passo do saber que adentramos pela obra de um pensador ou poeta de prestígio é uma realização, uma experiência recompensadora — não em saber morto, mas em viva consciência e compreensão. O importante não deverá ser ter lido e conhecer o máximo possível, mas sim, numa escolha livre e pessoal de obras-primas às quais nos entregaremos totalmente em momentos solenes, adquirir uma noção da amplitude e plenitude do pensamento e do esforço intelectual humanos e chegar, assim, ao próprio todo, à vida e ao pulsar do coração da humanidade, a uma relação vitalizante e ressonante. Esse é, afinal, o sentido de toda vida, dado que ela não se restrinja às necessidades mundanas. Ler não deve de modo algum nos "distrair", mas muito antes nos instruir, não nos ofuscar o reconhecimento de uma vida sem sentido, nem nos anestesiar como um consolo ilusório, mas, ao contrário, nos ajudar a dar um sentido cada vez mais alto e mais pleno à nossa vida.

NÃO É FÁCIL PARA A juventude. Ela é cheia de forças e esbarra sempre em regras e convenções. Não há nada que o filho deteste mais que as regras e convenções em que vê seu pai enredado. Um soco na cara da devoção religiosa é uma das atitudes imprescindíveis para se soltar o avental da mãe. E, como a geração mais jovem sente a derrocada de todo um mundo burguês de décadas, cujos castigos tacanhos nortearam sua criação, ela se rejubila com razão... Aquele que não conseguir suportar a unilateralidade e a iconoclastia audaciosa, que preferir que a juventude seja sábia, bondosa e condescendente em vez de fanática e puritana, que a recuse. Quem sairá perdendo será ele.

NO FUNDO, A PERGUNTA QUE não quer calar é: devemos dar à juventude o máximo possível de tradições, segurança e normas ou devemos deixá-la o mais livre possível, criá-la para a um máximo de elasticidade e capacidade de adaptação? Uma vez que o mundo onde essa juventude cresce não possui mais uma ordem moral e espiritual, no primeiro caso ajudaremos a juventude a permanecer decente e sucumbir de maneira decente em situações de emergência, mas lhe tiramos a possibilidade de participar e ter sucesso nesse mundo amoral e puramente dinâmico.

Teoricamente, a criação segundo as normas e a ortodoxia seria a única permitida. O quanto queremos flexibilizar nossos vínculos, entretanto, só cabe ao nosso amor decidir. É uma tarefa que exige extrema cautela e mesmo no melhor dos cenários não poderíamos evitar que a juventude seja confrontada prematuramente com decisões de cunho moral e, assim, roubada de sua infância.

A primeira aventura

Eu tinha dezoito anos, estava no fim do meu curso de aprendiz de mecânico. Porém, eu tinha havia pouco concluído que não iria chegar muito longe naquela profissão e estava decidido a mudar mais uma vez. Até que aparecesse uma oportunidade de revelar isso ao meu pai, continuei na firma, cumprindo meu trabalho em parte desgostoso, em parte contente como alguém que já pediu demissão e sabe que todos os caminhos estão à sua espera.

Naquela época tínhamos um aprendiz voluntário na oficina cuja maior qualidade era ser parente de uma senhora rica de uma cidadezinha próxima. Essa senhora, jovem viúva de um industrial, morava numa pequena mansão, tinha um carro elegante e um cavalo de montaria e era considerada altiva e excêntrica, porque não participava das rodas de mulheres. Em vez disso, andava a cavalo, pescava, cultivava tulipas e criava são-bernardos. Falavam nela com inveja e amargor, desde que correra a notícia de que em Stuttgart e Munique, para onde viajava com frequência, ela mantinha uma vida social intensa.

Desde que seu sobrinho ou primo começara como aprendiz voluntário, essa figura excepcional já estivera três vezes na oficina, cumprimentara o parente e aceitou que lhe mostrassem as nossas máquinas. Era uma visão magnífica que a cada vez causava forte impressão em mim, vê-la em suas roupas refinadas com olhar curioso e perguntas risíveis andar pelo espaço cheio de ferrugem, uma mulher grande, de cabelos loiro-claros, com um rosto tão fresco e ingênuo como o de uma menininha. Ficávamos ali parados em nossos aventais sujos de graxa, com nossas mãos e rostos pretos, com a sensação de que uma princesa nos visitava. Isso não combinava com nossas ideias social-democratas, como sempre reconhecíamos mais tarde.

Certo dia, o aprendiz veio até mim no intervalo da tarde e me disse:

— Quer vir comigo no domingo à casa da minha tia? Ela te convidou.

— Me convidou? Deixe de piadas idiotas ou enfio seu nariz no tonel de água. — Mas era sério. Ela havia me convidado para a noite de domingo. Podíamos voltar com o trem das dez. Se quiséssemos ficar mais tempo, talvez ela nos emprestasse o carro.

Ter qualquer relação com a dona de um carro de luxo, patroa de um criado, duas empregadas, um cocheiro e um jardineiro era simplesmente infame segundo minha visão de mundo naquela época. Mas isso só me ocorreu quando eu já tinha aceitado o convite entusiasmado e perguntado se meu terno amarelo de domingo seria bom o suficiente.

Até o sábado andei por todo lado num nervosismo e numa alegria implacáveis. Depois o medo me dominou. O que eu iria dizer lá, como me portar, como falar com ela? Meu terno, do qual sempre tinha me orgulhado, de repente parecia cheio de rugas e manchas, meus colarinhos todos estavam puídos nas beiradas. Além disso, meu chapéu estava velho e desbotado e nada disso podia ser compensado pelos meus três itens de destaque — um par de botinas de ponta fina, uma gravata vermelha brilhante parcialmente de seda e um pincenê de aros de níquel.

Na tarde de domingo fui a pé com o aprendiz até Settlingen, agoniado de nervosismo e constrangimento. A mansão despontou, ficamos parados numa grade diante de pinheiros estrangeiros e ciprestes, o latido de cães se misturava ao som da campainha do portão. Um criado nos deixou entrar, não disse uma palavra, nos tratou com desdém, mal me protegendo dos grandes são-bernardos que queriam rasgar minhas calças. Olhei temeroso para minhas mãos, que havia meses não tinham estado tão limpas. Eu as lavara na noite anterior por quase meia hora com querosene e sabão desengraxante.

A senhora nos recebeu no salão, num vestido azul-claro de verão, bem simples. Apertou-nos a mão modestamente, pediu que nos sentássemos, pois o jantar logo estaria pronto.

— Você é míope? — perguntou-me em seguida.

— Sim, um pouco.

— Saiba que o pincenê não combina com você.

Eu o tirei, coloquei no bolso e fiz cara de birra.

— E você também é um social? — prosseguiu ela.

— A senhora quer dizer social-democrata? Sim, certamente.

— Mas por quê?

— Por convicção.

— Ah, bom. Mas a sua gravata é muito bonita. Então, vamos comer. Espero que estejam com fome!

Na sala ao lado havia três couverts postos. Contrariando minhas expectativas, não havia nada que poderia me causar constrangimento, com exceção de três tipos de copo. Uma sopa de miolos, lombo assado, legumes, salada, bolo, coisas que eu sabia como comer sem passar vergonha. A própria dona da casa servia os vinhos. Durante a refeição falou quase apenas com o voluntário. Os pratos deliciosos e o vinho me mantinham agradavelmente ocupado e logo me senti razoavelmente à vontade e seguro.

Depois da refeição levaram nossos cálices de vinho para o salão e quando me ofereceram um charuto fino que, para meu espanto, foi aceso numa vela vermelha e dourada, meu bem-estar aumentou e se tornou conforto. Agora me atrevia a olhar para aquela mulher que era tão fina e bela que eu me sentia orgulhosamente transportado aos campos sagrados do universo da nobreza, dos quais eu tinha uma vaga noção nostálgica extraída de romances e folhetins.

Começamos uma conversa mais animada e me tornei tão audacioso que cheguei a brincar a respeito dos comentários que a madame havia feito sobre a social-democracia e minha gravata vermelha.

— O senhor tem toda a razão — disse ela sorrindo. — Mantenha suas convicções. Mas sua gravata poderia estar menos torta. Veja, assim...

Ela parou a minha frente, inclinou-se sobre mim, segurou minha gravata com as duas mãos e a ajeitou. Nisso senti com um grande sobressalto quando enfiou dois dedos pela fenda da minha camisa e apalpou delicadamente meu peito. E quando levantei os olhos, perplexo, ela me apertou mais uma vez com os dois dedos me encarando fixamente.

Minha nossa, pensei, e meu coração disparou enquanto ela se afastava e fingia contemplar a gravata. Mas, em vez disso, me encarou de novo, séria e diretamente, balançando afirmativamente a cabeça algumas vezes.

— Você poderia pegar a caixa de jogos lá em cima no quarto do canto? — disse ao sobrinho que folheava um jornal. — Faça-me esse favor.

Quando ele foi, ela veio em minha direção, devagar, de olhos bem abertos.

— Ah, você! — disse baixinho e com doçura. — Você é bom.

Aproximou seu rosto do meu, nossos lábios se tocaram, silenciosos e ardentes, uma vez mais, depois outra. Eu a abracei e apertei contra mim a grande e linda dama, com tanta força que provavelmente a machucava. Mas ela continuava buscando minha boca e, enquanto me beijava, seus olhos marejavam e ganhavam um brilho virginal.

O voluntário voltou com os jogos, nos sentamos e jogamos dados em troca de bombons. Ela voltou a falar vivamente, brincando a cada jogada, mas eu não conseguia dizer uma palavra, mal conseguia respirar. De vez em quando sua mão vinha por baixo da mesa, brincava com a minha ou ficava pousada no meu joelho.

Por volta das dez horas, o voluntário disse que era hora de irmos embora.

— Você também já quer ir? — perguntou ela me encarando.

Eu não tinha nenhuma experiência em assuntos amorosos e gaguejei que devia estar na hora e me levantei.

— Então tá! — exclamou ela, e o voluntário começou a sair. Eu o segui até a porta, mas quando ele tinha passado o limiar, ela me puxou de volta pelo braço e me abraçou mais uma vez. Quando estava saindo, ela sussurrou: — Tenha juízo, hein! Tenha juízo! — Também isso não entendi.

Nos despedimos e corremos até a estação. Compramos passagens e o voluntário embarcou. Mas eu agora não queria companhia nenhuma. Subi apenas o primeiro degrau e, quando o condutor apitou, saltei de volta e fiquei para trás. Já era noite fechada.

Atordoado e triste, andei até em casa pela longa estrada de terra, passando pelo jardim e pela grade da casa dela como um ladrão. Uma dama tão nobre gostava de mim! Mundos mágicos se abriam à minha frente. Ao encontrar por acaso no meu bolso o pincenê de metal, joguei-o na vala ao lado da estrada.

No domingo seguinte, o voluntário foi mais uma vez convidado para o almoço, mas eu não. Ela também não apareceu mais na oficina.

Durante alguns meses fui várias vezes a Settlingen, aos domingos ou à tardinha, escutava junto à grade, circundava o jardim, ouvia os latidos dos são-bernardos e o vento passando nas árvores estrangeiras, via luz nos quartos e pensava: quem sabe ela me avista uma hora, ela gosta de mim. Uma vez escutei música de piano na casa, suave e lenta, me debrucei no muro e chorei.

Mas nunca mais o criado me acompanhou até a casa nem me protegeu dos cães e nunca mais nem a mão dela tocou a minha, nem seus lábios os meus. Só em sonhos isso me aconteceu ainda algumas vezes, em sonhos. No fim do outono me demiti da oficina, pendurei para sempre o avental azul e viajei para outra cidade.

Transformação

Uma vez que eu era jovem,
Uma vez que meus primeiros passos tímidos
Pelo desejado território do amor
Apenas me retornaram sem consolo nem esperança
Ao incompreendido e ofuscante dia,

Meu único consolo era chafurdar fundo
De mãos cheias no sofrimento,
Autodestrutivo, com uma amargura lasciva
Querendo transformar em preto cada cor tão linda,
Selvagem ao, em cordas partidas,
Conflagrar minha privação dorida.
E à noite eu fugia da luz,
Fugia dos encontros nos jardins, para, solitário,
Me esgueirar pelas sombras das faias
Pelas margens ínvias,
Seguindo ondas escuras,
Levando um desejo de morte no coração ardente.
Hoje, porém, já que um dia inóspito
Transcorre imperceptível em horas soltas,
Já que minha alma profundamente soterrada
Perdeu o caminho da esperança ao sair das ruínas
De castelos de vida precocemente erguidos,
Já que a hora mais infeliz e sombria da juventude
Ainda me ri longe nas profundezas, dourado tesouro,
Hoje deixei os caminhos escuros
De melancolia esbanjada, de doces lamentos.
À noite, ao cair das horas silentes,
Acendo clara minha luz
Para que a noite inimiga se detenha à janela.
Tramo delicadamente os fios mais dourados
Que me restaram e sigo num jogo contemplativo
Cada terna forma, cada beleza consoladora.
Distantes, a morte e a dor dos meus sonhos,
Cujo emaranhado de suas ramagens rearranjo com esmero
Para que mostrem apenas luz e consolo e imagens felizes:

Jardins serenos, pessoas cheias de prazeres infantis,
Um íntimo deleite de amor e celebrações adornadas de flores,
Mulheres nobres e puras, homens de fervor bondoso,
São coisas que crio para mim em sonho e busco
O que me restou de tesouros arruinados
Para reconstituir seu som em belas figuras.

Solitária, assim, em horas de paz
Minha saudade joga seu jogo,
E, veja, muitas vezes consigo rir, despojado,
Enganando a crueldade irracional da vida
Por meio do meu jogo de sonhos raciocinados.
A imagem da jovem mais linda
À qual, outrora, ardendo em desejo, em renúncia
sacrifiquei o brilho da minha juventude,
Passa (ela, que há muito se perdeu no cinza do cotidiano)
Luminosa, mais bela do que outrora,
Imaculada como um botão na primavera,
Sobre o tapete, amorosamente estendido,
De sonhos que soavam bem.
No seu caminhar, na sua divinização completa,
É sucumbida a miséria da minha vida
E o sentido secreto de meus dias passa a ser
Ecoá-la e espelhá-la em sua nobreza.
Assim, desde a mais tenra juventude,
Quando chega a minha hora, erijo
De todos os meus anos a memória como templo
De um amor que já não conhece desejo
Nem desilusão.

A JUVENTUDE SOFRE, NÃO APENAS com dificuldades externas, mas também com o problema da liberdade. Associado a ele, o problema da personalidade se tornou quase insolúvel exatamente por conta de uma aparente ampliação da liberdade dos jovens de hoje. Nos anos da nossa própria juventude, embora já fôssemos críticos e revolucionários em muitas coisas, havia ainda uma porção de regras escritas ou tácitas, que nós, independentemente se de boa vontade ou a contragosto, aceitávamos e cumpríamos. Hoje, ao contrário, quase não existem mais traços de uma moral vinculativa comum a todos. Entretanto, a liberdade em relação a convenções não significa liberdade interior. Para pessoas mais nobres, a vida sem crenças firmemente definidas, ao contrário de ser mais fácil, é muito mais difícil, pois ainda precisam elas mesmas construir e escolher todos os vínculos aos quais deverão submeter suas vidas.

É SEMPRE DIFÍCIL NASCER... O pássaro se esforça para sair do ovo... É preciso encontrar nosso sonho, daí o caminho fica fácil. Mas não existe um sonho que dure para sempre, cada sonho é substituído por outro e não devemos nos apegar a nenhum deles.

O SOFRIMENTO DA JUVENTUDE NÃO cessa com a juventude, mas concerne especialmente a essa fase. É a luta para desenvolver uma individualidade, pelo surgimento de uma personalidade.

Nem todos desenvolvem uma personalidade. A maioria das pessoas permanece sendo exemplar e não chega a conhecer as angústias da individualização. Mas quem as conhece e as vivencia seguramente entrará por conta delas em conflito com o mediano, com a vida normal, com o tradicional e o padrão burguês. Das duas forças contrárias — o desejo de uma vida pessoal e a pressão do mundo exterior para que nos adaptemos — nasce a personalidade. Nenhuma surge sem vivências revolucionárias, mas seu grau naturalmente varia entre indivíduos, assim como varia a capacidade de se levar uma vida realmente pessoal e única (ou seja, nada mediana)...

O jovem em formação, quando sente o anseio por uma forte individualização, quando difere bastante dos tipos mediano e usual, se vê em situações em que passa a impressão de ser louco... Não será o caso de impor ao mundo sua "loucura" e tentar revolucioná-lo. O importante é defender-se suficientemente do mundo em prol dos ideais e sonhos de sua própria alma e cuidar para que não se esvaneçam. O sombrio mundo interior onde habitam esses sonhos está sempre em perigo. Os amigos zombam dele, os educadores o evitam, ele não é um estado consolidado, mas um devir constante.

Nossos tempos fazem com que os melhores entre os jovens tenham mais dificuldades. Existem por toda parte tentativas de homogeneizar as pessoas e podar ao máximo seus elementos idiossincráticos. Nossa alma se rebela contra isso, com razão.

Por mais que um caminho de vida possa, em certas situações, parecer completamente determinado, ele sempre carrega em si todas as possibilidades de vida e transformação das quais o ser humano possa ser capaz. E estas são tanto maiores quanto mais infância, gratidão, capacidade de amar tivermos.

A limitação da escolha de uma profissão e da idade adulta não precisa enterrar nossa juventude. "Juventude" é aquilo que permanece criança em nós, e, quanto mais disso existir, mais ricos podemos ser também na vida friamente consciente.

Seja qual for a profissão que um jovem escolha e seja qual for seu conceito de profissão e sua dedicação a ela — ele sempre adentrará, ao sair do caos efervescente dos sonhos juvenis, um mundo organizado, engessado, e invariavelmente se decepcionará. Essa decepção pode não ser um dano em si, tornar-se sóbrio também pode significar uma vitória. Mas a maior parte das profissões, especialmente as mais "elevadas", se aproveitam por meio de sua organização atual de instintos humanos egoístas, covardes e comodistas. É cômodo fazer vista grossa, se rebaixar, imitar o patrão; ao contrário, é extremamente incômodo procurar e amar o trabalho e a responsabilidade.

Não é da minha conta que soluções os jovens das multidões encontram para essas questões. Os intelectuais encontrarão nelas um despenhadeiro perigoso. Eles não devem fugir das profissões, sobretudo aquelas gerenciadas pelo Estado, devem experimentá-las! Porém, que nunca se tornem dependentes dessa profissão.

"O que você realiza na vida?"

O que você realiza na vida, não apenas como artista, mas também como ser humano, como homem e pai, amigo e vizinho etc., é medido pelo "sentido" eterno do mundo, pela justiça eterna não segundo algum referencial fixo, mas sim segundo o seu próprio referencial pessoal. Deus, ao te julgar, não perguntará: "Você se tornou um Hodler, um Picasso, um Pestalozzi ou um Gotthelf?" Ele perguntará: "Você realmente foi e se tornou aquele para o qual recebeu as estruturas e heranças?" E jamais um ser humano poderá se lembrar de sua vida e seus descaminhos sem sentir vergonha ou espanto. Ele poderá no máximo dizer: "Não, não me tornei, mas ao menos o tentei com todas as minhas forças." E, se ele puder dizer isso com honestidade, então terá se justificado e passado no teste.

Se noções como "Deus" ou "juiz eterno" te irritarem, pode tranquilamente deixá-las de lado, não são o que importa aqui. A única coisa que importa é que a cada um de nós foi passada uma herança e uma tarefa, por parte paterna e materna, originária de muitos antepassados. De um povo, de um idioma herdamos certas características, boas e más, agradáveis e desagradáveis, talentos e vícios. E tudo isso junto é o indivíduo, e essa singularidade... deve ser administrada e vivida até o fim, amadurecida, até o momento de finalmente ser devolvida mais ou menos completamente. Há exemplos inesquecíveis, a história mundial e a da arte estão repletas deles: por exemplo quando alguém, como em diversos contos e fábulas, é o estúpido e o imprestável de uma família, acaba recebendo um papel principal e, exatamente por ele permanecer tão fiel à sua essência, todos os mais bem-dotados e bem-sucedidos se tornam pequenos ao seu lado.

Havia, por exemplo, no início do século passado em Frankfurt, a brilhante família Brentano da qual dentre os quase vinte filhos e filhas dois ainda são famosos: os poetas Clemens e Bettina. Ora, todos esses numerosos irmãos eram pessoas altamente dotadas, interessantes, acima da média, espíritos efervescentes, talentos brilhantes; só o mais velho era e permaneceu simples a vida toda. Viveu como um fantasma silencioso na casa paterna, sem nenhuma serventia. Como católico, era devoto; como irmão e filho, paciente e bondoso. No meio do bando divertido e espirituoso de irmãos, de modos muitas vezes excêntricos, ele se tornou cada vez mais um ponto central, de calma e silêncio, uma joia preciosa da casa, que irradiava paz e bondade. Esse simplício que permaneceu criança é mencionado pelos irmãos com um respeito e um amor que ninguém mais recebeu. Ou seja, também a ele, ao bobo, ao simplório, foi dado seu sentido e sua missão e ele a cumpriu mais perfeitamente que todos os seus irmãos brilhantes.

Em suma, o que importa quando uma pessoa precisa justificar sua vida não é a medida objetiva e geral de seu desempenho, mas sim que ela tenha conseguido expressar da forma mais completa e pura possível sua essência, o que lhe foi dado.

Mil seduções nos desviam constantemente desse caminho, porém a mais forte delas é querer ser completamente diferente do que se é, é perseguir exemplos e ideais que não podem nem devem ser alcançados. Essa sedução é especialmente forte para pessoas mais dotadas e mais perigosa do que os perigos corriqueiros do mero egoísmo porque ela possui um aspecto de nobilidade e moralidade.

Todo menino quis, em uma certa idade, ser motorista ou maquinista, depois caçador ou general, depois um poeta como Goethe ou um sedutor como Don Juan, isso é normal e faz parte do desenvolvimento natural, de um educar-se a si mesmo: a fantasia como que tateia as possibilidades para o futuro. Mas a vida não realiza esses desejos e os ideais infantis e juvenis morrem espontaneamente. E mesmo assim sempre voltamos a desejar algo que não está a nosso alcance e a nos torturar com exigências que ferem a nossa própria natureza. Acontece com todos nós. Entretanto, nas horas em que estamos despertos internamente sempre sentimos que não há um caminho para fora de nós e em direção a outra coisa, que temos de enfrentar a vida com as qualidades e defeitos que são só nossos. E às vezes acontece também de avançarmos um pouquinho, de algo, que antes não conseguíamos, dar certo, de podermos, por instantes, nos afirmar e estarmos satisfeitos com nós mesmos. Obviamente isso não é algo permanente, mas nosso âmago mais profundo anseia por nada mais além de se sentir crescer naturalmente e amadurecer. Só então estamos em harmonia com o mundo. Pessoas como nós raramente vivenciam essa situação, mas, exatamente por isso, quando o fazem a vivência é tanto mais profunda.

LÁ ONDE UMA OBRA FOR completada, onde um sonho continuar a ser sonhado, uma árvore for plantada, uma criança nascer, lá a vida está atuando e na escuridão do tempo se abre uma brecha.

Uma sonata

A SENHORA HEDWIG DILLENIUS DEIXOU a cozinha, pendurou o avental, lavou-se, penteou-se e foi para a sala esperar pelo marido.

Observou três, quatro folhas de uma pasta sobre Dürer, brincou um pouco com uma figura de porcelana vinda de Copenhague, ouviu o relógio da torre mais próxima bater o meio-dia e por fim abriu o piano de cauda. Começou a tocar algumas notas, procurando uma melodia já quase esquecida, e ficou ouvindo por alguns instantes o extinguir-se harmônico do som das cordas. Oscilações finas, etéreas, que se tornavam cada vez mais delicadas e irreais, até chegarem instantes em que ela não sabia se as notas ainda ressoavam ou se o estímulo sutil nos ouvidos era apenas lembrança.

Parou de tocar, colocou as mãos no colo e ficou pensando. Mas não pensava mais como antes, como nos tempos de menina, em casa, no interior, não pensava mais em pequenas situações engraçadas ou comoventes das quais apenas a metade menor era real e havia sido de fato vivida. Havia algum tempo ela pensava em outras coisas. A própria realidade se tornara oscilante e ambígua para ela. Durante as excitações e os desejos difusos e oníricos dos tempos de menina, muitas vezes imaginara que um dia iria se casar, ter um marido, uma vida e um círculo doméstico próprios. Tinha esperado muito dessa mudança. Não apenas carinho, calor e novos sentimentos amorosos, mas sobretudo segurança, uma vida definida, uma sensação de segurança aconchegante em face de ataques, dúvidas e desejos impossíveis. Por mais que ela tivesse adorado fantasiar e sonhar, seu anseio se dirigira sempre na direção de uma realidade, de um caminhar seguro por vias confiáveis.

Pôs-se novamente a refletir sobre isso. As coisas tinham saído de um modo diferente do que ela havia imaginado. Seu marido já não era mais aquele que tinha sido durante o período de noivado, ou antes, ela o via naquela época sob uma luz que agora se apagara. Ela havia acreditado que ele estava à sua altura e ainda mais alto, que poderia acompanhá-la ora como amigo, ora como guia. Agora muitas vezes lhe parecia que o tinha superestimado. Ele era bom, educado, carinhoso também, a deixava livre, assumia pequenas preocupações domésticas. Mas ele estava satisfeito, com ela e com a vida que levava, com trabalho, comida, um pouco de diversão, e ela não estava. Tinha um diabinho dentro de si que queria aprontar e dançar, e um espírito sonhador que queria escrever fábulas, um desejo constante de unir a vidinha cotidiana com a grande vida espetacular das canções e dos quadros, de belos livros e das tempestades dos bosques e do mar. Ela não se dava por satisfeita que uma flor fosse só uma flor e um passeio só um passeio. Uma flor deveria ser um elfo, um lindo espírito em transformação, e um passeio era não apenas um pequeno exercício rotineiro e um descanso, mas uma viagem cheia de pressentimentos do desconhecido, uma visita ao vento e ao riacho, uma conversa com as coisas mudas. E, quando ela escutava um bom concerto, ficava ainda um bom tempo num estranho mundo de espíritos, enquanto seu marido já estava de pantufas, fumando um cigarro, falando um pouco sobre a música e querendo ir dormir.

Havia algum tempo ela o observava muitas vezes com espanto e se admirava com o fato de que ele estava assim, de que não tinha mais asas, de que sorria tolerante quando ela queria falar com ele francamente sobre a sua vida interior.

Ela acabava sempre se decidindo por não se aborrecer, ser paciente e bondosa, não incomodá-lo em seus modos. Talvez estivesse cansado, talvez tivesse problemas no trabalho dos quais queria poupá-la. Ele era tão complacente e gentil que deveria agradecer-lhe. Mas não era mais seu príncipe, seu amigo, senhor e irmão, por todos os caros caminhos da lembrança e da fantasia ela passava novamente sozinha, sem ele, e os caminhos tinham se tornado mais escuros agora que no fim deles não havia mais um futuro misterioso.

O sino tocou, o passo dele soou no corredor, a porta se abriu e ele entrou. Ela foi ao seu encontro e retribuiu seu beijo.

— Tudo bem, amor?

— Sim, obrigada, e você?

Depois foram até a mesa.

— Olha — disse ela —, tudo bem se o Ludwig vier esta noite?

— Se você quiser, claro.

— Vou ver se ligo para ele depois. Sabe o que eu mal posso esperar?

— O quê?

— A música nova. Outro dia ele contou que estudou umas sonatas novas e que já consegue tocá-las. Parece que são bem difíceis.

— Ah, sim, daquele novo compositor, não é?

— Isso, Reger é o nome dele. É uma coisa bem diferente, estou morrendo de curiosidade.

— É, vamos descobrir. Com certeza não é nenhum novo Mozart.

— Então hoje à noite. Convido ele logo para jantar?

— Como quiser, pequena.

— Você também está curioso para conhecer esse Reger? Ludwig falou dele com tanto entusiasmo...

— Bom, ouvir algo novo é sempre bom. Talvez o Ludwig esteja um pouco entusiasmado demais, não? Mas, enfim, ele deve entender mais de música do que eu. Também... Quando se passa a metade do dia tocando piano!

Durante o café, Hedwig lhe contou histórias de dois tentilhões que tinha visto naquele dia no galpão. Ele escutou com boa vontade e riu.

— Você tem cada ideia! Poderia ser escritora!

Então ele saiu, ia para o trabalho, ela o acompanhou com os olhos pela janela, porque ele gostava disso. Depois ela também se pôs a trabalhar. Atualizou o caderno de despesas com os gastos da última semana, arrumou o escritório do marido, limpou as folhas de umas plantas e pegou por fim uma costura até que chegasse a hora de voltar para a cozinha.

Por volta das oito chegou seu marido e logo depois Ludwig, o irmão dela. Ele deu a mão à irmã, cumprimentou o cunhado e pegou então novamente as mãos de Hedwig.

Durante o jantar os irmãos conversaram com entusiasmo e prazer. O marido aqui e ali dizia alguma coisa e fazia de conta que estava com ciúmes. Ludwig entrou na brincadeira, ela, no entanto, não disse nada, ficou pensativa. Sentia que entre eles três seu marido era o estranho. Ludwig era parte dela, tinha o mesmo jeito, o mesmo espírito, as mesmas lembranças que ela, falava a mesma linguagem, entendia e revidava cada pequena brincadeira. Quando ele estava presente, ela se sentia um pouco em casa; tudo voltava a ser como antigamente, de verdade, cheio de vida, tudo o que trazia dentro de si da casa dos pais e que seu marido tolerava gentilmente, mas nunca retribuía e, no fundo, talvez nem entendesse.

Ainda ficaram sentados até o vinho tinto, quando Hedwig lembrou o irmão. Passaram então ao salão, Hedwig abriu o piano de cauda e acendeu as velas. Seu irmão colocou o cigarro de lado e abriu o caderno com a partitura. Dillenius se esticou numa poltrona baixa com apoios para os braços e puxou a mesinha de fumar para perto de si. Hedwig foi se sentar mais afastada, perto da janela.

Ludwig disse ainda algumas palavras sobre o novo músico e sua sonata. Depois, por alguns instantes fez-se silêncio total. Então ele começou a tocar.

Hedwig escutou os primeiros acordes atentamente, a música a tocava de um modo estranho e diferente. Seu olhar estava fixo em Ludwig, cujos cabelos escuros por vezes brilhavam à luz das velas. Logo, porém, sentiu naquela música estranha uma aura forte e refinada, que a arrebatou e lhe deu asas para que pudesse compreender e vivenciar a obra para além de escarpas e trechos difíceis.

Enquanto Ludwig tocava, ela enxergava em compassos maiores ondulações de uma superfície de águas escuras e vastas. Delas vinha um bando de pássaros enormes e robustos com um ruidoso bater de asas e um tenebroso aspecto pré-histórico. A tempestade soava abafada e por vezes lançava ao ar cristas de espuma que se dissipavam em muitas pequenas pérolas. No rugir das ondas, do vento e das grandes asas dos pássaros ressoava algo secreto, cantando ora com toda a paixão, ora com vozes infantis suaves, uma canção, uma melodia íntima e amorosa.

Nuvens revoavam pretas em mechas despedaçadas, entre elas se abriam vistas esplêndidas para um profundo céu dourado. Sobre grandes ondas cavalgavam monstros marinhos de feições medonhas, mas sobre as ondas pequenas brincavam comoventes cirandas de anjinhos com braços e pernas estranhamente grossos e olhos infantis. O terrível era superado pelo adorável com uma magia crescente e a cena se transformava em um reino intermediário aéreo, isento de gravidade, onde, numa luz própria de aspecto lunar, elfos flutuantes muito delicados dançavam cirandas pelos ares e cantavam, com vozes puras, cristalinas e etéreas, tons divinamente leves e despreocupadamente fugazes. Em seguida era como se não fossem mais os próprios elfos de luz angelicais que cantavam e flutuavam numa aura clara, era como se fosse uma pessoa sonhando ou contando sobre eles. Uma pesada gota de anseio e sofrimento humano irremediável escorreu naquele universo transfigurado de beleza despretensiosa e, em lugar do paraíso, surgiu o sonho humano de paraíso, não menos brilhante e belo, porém acompanhado de profundos tons de nostalgia incurável. Do prazer infantil nasce assim o prazer humano; o riso sem rugas desaparece, o ar, entretanto, é mais íntimo e se tornou dolorosamente mais doce.

Lentamente esvaneceram os sublimes cantos de elfos no bramir do mar que voltava a crescer poderoso. Ruídos de batalha, paixão e ímpeto de vida. E com o quebrar de uma última onda alta, a canção terminou. Sua cheia ecoava ainda no piano de cauda numa ressonância suave, que morria lentamente. Quando ela se calou, um profundo silêncio se impôs. Ludwig permaneceu sentado, curvado, escutando, Hedwig estava com os olhos fechados, encostada na cadeira como se dormisse.

Por fim, Dillenius se levantou, voltou à sala de jantar e trouxe um cálice de vinho para o cunhado. Ludwig se levantou, agradeceu e bebeu um gole.

— Então, cunhado, o que achou? — disse ele.

— Da música? Foi interessante, e você mais uma vez tocou magnificamente bem. Deve ensaiar muito.

— E a sonata?

— Sabe... isso é questão de gosto. Não sou absolutamente contra o novo, mas isso me pareceu "original" demais. Ainda não me cansei de Wagner...

Ludwig quis responder, mas a irmã chegou perto dele e botou a mão no seu braço.

— Deixa estar, vai... É questão de gosto mesmo.

— Não é?! — exclamou o marido, contente. — Por que brigar? Um charuto, cunhado?

Ludwig encarou a irmã, um pouco abalado. Então viu que ela estava comovida com a música e que haveria de sofrer se continuassem o assunto. Ao mesmo tempo, porém, testemunhou pela primeira vez que ela pensava ter de poupar o marido porque faltava a ele alguma coisa que nela era inata e que julgava necessária. E como ela parecesse triste, antes de ir embora ele lhe disse escondido:

— Hede, você precisa de alguma coisa?

Ela sacudiu a cabeça negativamente.

— Você tem que tocar isso de novo para mim em breve, só para mim. Você aceita? — Então ela pareceu contente de novo e pouco depois Ludwig foi para casa, tranquilizado.

Mas nessa noite ela não conseguiu dormir. Que o marido não conseguia entendê-la ela já sabia e esperava poder suportar isso. Mas sempre voltava a escutar a pergunta de Ludwig — "Hede, você precisa de alguma coisa?" — e pensou que tivera de lhe responder com uma mentira, pela primeira vez com uma mentira.

E lhe pareceu nesse instante que o seu lar, sua liberdade juvenil tão incrível e toda aquela alegria luminosa do seu paraíso, distante de toda dor, só agora acabava de se perder inteiramente.

Valse brillante

Na sala, uma dança de Chopin ressoa,
Uma dança selvagem, desinibida.
Nas janelas brilha o dia, a coroa
No piano ainda enfeita, ressequida.

Você piano, eu, violino,
Seguimos tocando sem parar
Temendo quebrar o encanto tão fino
Sabendo que um de nós o fará.

Qual dos dois quebrará primeiro a cadência
Afastando as velas acesas das notas?
Qual dos dois fará, com toda inocência,
A pergunta para a qual não há resposta?

Acredito que na vida podemos traçar uma linha bem precisa entre juventude e maturidade. A juventude cessa junto do egoísmo, a maturidade começa com o altruísmo. O que quero dizer é: os jovens extraem muito prazer e muito sofrimento de sua vida porque a vivem só para si. Assim, cada desejo e ideia são importantes, cada alegria é saboreada ao máximo, também cada sofrimento, e alguns que não consideram seus desejos realizáveis jogam logo a vida toda fora. Isso é juvenil. Para a maioria das pessoas, entretanto, chega um tempo em que isso muda, em que vivem para os outros, não por virtude, mas de maneira inteiramente natural. Para quase todos isso vem com a família. Pensamos menos em nós e em nossos desejos quando temos filhos. Outros perdem o egoísmo por um trabalho, pela política, pela arte ou pela ciência. A juventude quer brincar, a maturidade quer trabalhar. Ninguém casa para ter filhos, mas, quando eles vêm, nos transformam e, por fim, reconhecemos que tudo o que fizemos foi mesmo só por eles. Isso está relacionado com o fato de que a juventude até gosta de falar da morte, mas nunca pensa nela. Com os mais velhos é o contrário. Os jovens acham que vão viver eternamente, por isso todos os seus desejos e pensamentos giram em torno deles mesmos. Os velhos já perceberam que em algum momento o fim chega e tudo o que tivemos e fizemos só por nós vai para o buraco e não serviu para nada...

Ficamos mais satisfeitos quando vivemos para os outros do que quando vivemos para nós mesmos. Porém, os mais velhos não devem pensar nisso como um heroísmo, não se trata disso. São os jovens mais ansiosos que se tornam os melhores velhos, e não aqueles que já se comportam como vovôs desde a escola.

QUANDO JOVEM EU CERTAMENTE TERIA sido a favor da suspensão da consagração de um matrimônio pela igreja ou por um cartório, me teria parecido mais adequado deixar a vida matrimonial a cargo da consciência de cada um. Com os anos, porém, percebi que nem todos têm uma consciência (ou disposição para fazer uso dela). E, uma vez que a vida conjunta de casais não diz respeito só a eles e seus erros e pecados têm de ser pagos não apenas por eles mesmos, mas também por filhos que chegam e que eventualmente precisam de uma proteção melhor do que a consciência de seus geradores, reconheço que é melhor não relegar a união ou separação de casamentos unicamente ao humor dos casais.

Da alma

Impuro e distorcido é o olhar da vontade. Só quando não desejamos nada, só quando nosso olhar se torna pura contemplação se revela a alma das coisas, sua beleza. Quando inspeciono uma floresta que quero comprar, cultivar, desmatar, em que posso caçar, que quero onerar com uma hipoteca, não estou vendo a floresta, mas sim suas relações com o meu querer, com meus planos e preocupações, com meu bolso. Então ela consiste em madeira, é jovem ou velha, sadia ou doente. Mas se nada quero dela, se apenas contemplo suas profundezas verdes sem pensar em nada, então ela é floresta, é natureza e crescimento, é bela.

Assim é também com as pessoas e seus rostos. A pessoa que encaro com medo, com esperança, com desejo, com intenções e exigências, não é uma pessoa, é apenas um espelho turvo do meu querer. Eu a encaro, consciente disso ou não, cheio de perguntas estreitas e falseadoras: será que ela é acessível ou orgulhosa? Estará prestando atenção em mim? Poderá me emprestar um dinheiro? Será que entende algo de arte? É com centenas de perguntas assim na cabeça que encaramos a maior parte das pessoas com que temos de lidar. Somos considerados conhecedores do espírito humano quando conseguimos interpretar em sua aparência e comportamento o que serve ou contraria nossas intenções. Mas essa perspectiva é restrita. Nessa forma de investigação da psiquê humana, o camponês, o caseiro, o advogado charlatão são bem superiores à maioria dos políticos ou intelectuais.

No momento em que a vontade repousa e a contemplação, a pura observação e a entrega emergem, tudo muda. O ser humano cessa de ser útil ou perigoso, interessante ou tedioso, bondoso ou cruel, forte ou fraco. Ele se torna natureza, se torna belo e notável como todas as coisas às quais se dirige a pura contemplação. Pois contemplação não é investigação ou crítica, ela nada mais é do que amor. É o estado mais elevado e mais desejável de nossa alma: amor sem cobiça.

Se atingimos esse estado, seja por minutos, horas ou dias (mantê-lo para sempre seria a felicidade plena), as pessoas nos parecem diferentes do habitual. Deixam de ser espelhos ou deformações de nosso querer, voltam a ser natureza. Belo e feio, velho e jovem, bom e mau, aberto e fechado, duro e suave deixam de ser opostos, deixam de ser parâmetros. Todos são belos, todos são notáveis, ninguém mais pode ser desprezado, odiado, mal-entendido.

Assim como, do ponto de vista da contemplação tranquila, toda a natureza nada mais é que manifestação mutável de vida eternamente criadora e imortal, o papel e a tarefa específica do ser humano é representar a alma. Inútil discutir se "alma" seria algo especificamente humano ou se ela não habitaria também os animais e as plantas! Certamente há ou pode haver alma em todo lugar, em todo lugar que for preparado, em todo lugar intuído e desejado. Porém, assim como não sentimos a pedra, mas sim o animal como portador e expressão do movimento (embora também na pedra haja movimento, vida, construção, destruição e oscilação), procuramos alma sobretudo nos humanos. Procuramos por ela onde é mais visível, onde sofre, onde atua. E o ser humano nos parece, assim, o topo do mundo, uma província especial cuja tarefa atual é desenvolver a alma — assim como outrora sua tarefa fora se tornar bípede, curar a pele de animais, inventar ferramentas e fazer fogo. Todo o mundo humano se apresenta a nós como uma representação da alma. Assim como vejo e amo na montanha, no penhasco, as forças primárias da gravidade, nos animais a destreza e ímpeto de liberdade, vejo no ser humano (que também faz parte daquele todo) sobretudo a forma e a possibilidade de expressão da vida a que chamamos de "alma" e que parece a nós humanos não apenas uma irradiação de vida qualquer entre outras milhares de outras, mas uma forma especial, escolhida, altamente desenvolvida, um objetivo final. Pois, independentemente de pensarmos de forma materialista ou idealista ou outra qualquer, se considerarmos "alma" como algo divino ou matéria em combustão — todos a conhecemos e a temos em alta estima; para cada um de nós um olhar humano transcendente, a arte, a formação do espírito representam o degrau mais alto, mais recente e valioso de toda a vida orgânica.

Assim, nossos semelhantes humanos se tornam o mais nobre, superior, valioso objeto de contemplação. Nem todos assumem essa perspectiva de forma natural e descontraída — e aqui falo por mim mesmo. Na minha juventude tive relações mais próximas e íntimas com paisagens e obras de arte do que com seres humanos, de fato, sonhei por anos com um poema que falasse apenas de ar, terra, água, árvore, montanha e animais, e nenhum ser humano. Via os seres humanos tão desviados do caminho da alma, tão dominados pela ambição, correndo de forma tão brutal e selvagem atrás de objetivos animalescos, simiescos, primitivos, tão ávidos por bugigangas e lixo, que por algum tempo me dominou o grave engano de que talvez o homem já tivesse sido descartado como caminho para a alma e estivesse em retrocesso e que essa fonte teria de buscar em outra parte da natureza o seu caminho.

Quando observamos como dois seres humanos medianos que acabam de se conhecer por acaso e que não desejam nada material um do outro se portam um para com o outro, sentimos quase de maneira tátil como todo ser humano está necessariamente envolto estreitamente por uma atmosfera, uma crosta de proteção, uma camada de defesa, uma rede composta por vários desvios do elemento espiritual, de intenções, medos e desejos, todos orientados para objetivos insignificantes que o separam de todos os demais. É como se a alma jamais devesse tomar a palavra, como se fosse preciso rodeá-la de cercas muito altas, cercas feitas de medo e vergonha. Só o amor sem cobiça consegue romper essa rede. E em todos os pontos em que ela é rompida, a alma aparece. Sente-se num trem e observe dois homens que se cumprimentam porque o acaso os tornou vizinhos por uma hora. A forma como se cumprimentam é incrivelmente peculiar, é praticamente um fiasco. Do lugar mais remoto de estranheza, frigidez, de polos gelados e solitários é que essas duas pessoas inofensivas parecem se cumprimentar — e obviamente não penso aqui em malaios ou chineses, mas sim em europeus modernos —, parecem habitar, cada um por si, uma fortaleza de orgulho, de orgulho ameaçado, de desconfiança e frieza. O que dizem soa totalmente absurdo se observado exteriormente, são hieróglifos fossilizados de um mundo sem alma que extrapolamos cada vez mais ao crescer e cujas camadas de gelo quebradas ficam presas em nós. Raras, muito raras são as pessoas cuja alma se manifesta já na fala cotidiana. Estas são mais do que poetas, já são quase santas. Claro que o "povo" também tem uma alma, o malaio e o negro demonstram nos seus cumprimentos e saudações mais alma do que a média das pessoas. Mas sua alma não é aquela que procuramos e queremos, embora também ela nos seja querida e próxima. A alma do homem primitivo, que ainda não conhece a alienação, o trabalho duro de um mundo mecanizado e secular, é uma alma coletiva, simples, infantil, algo de bonito e terno, mas que não é nosso objetivo. Nossos dois jovens europeus no vagão do trem estão mais adiantados. Mostram pouca alma ou nenhuma, parecem feitos de um querer organizado, de racionalidade, intencionalidade, planejamento. Perderam sua alma no mundo do dinheiro, das máquinas, da desconfiança. Devem reencontrá-la, ou ficarão doentes e sofrerão se não o fizerem. O que então obterão, entretanto, não será mais a alma infantil perdida, mas antes um outra muito mais refinada, mais pessoal, mais livre e responsável. Não devemos retornar ao infantil ou ao primitivo, mas seguir adiante, em frente, rumo a personalidade, responsabilidade e liberdade.

Ainda não há nem sinal desses objetivos e sua ideia. Os dois jovens não são nem primitivos nem santos. Falam a língua do cotidiano, uma língua que combina tão pouco com os objetivos da alma quanto uma pele de gorila que só poderemos esgarçar bem lentamente, em centenas de tentativas incertas.

Essa língua primitiva, crua e gaguejante soava mais ou menos assim:

— Dia — diz um deles.

— Dia — diz o outro.

— Posso? — diz o primeiro.

— Por favor — o outro.

Com isso está dito o que precisava ser dito. As palavras não têm significado, são meros enfeites do ser primitivo, seu propósito e valor é o mesmo do anel que o negro passa pelo nariz. Porém, extremamente peculiar é o tom em que as palavras rituais são pronunciadas. São palavras de cortesia, mas seu tom é particularmente curto; breve, econômico, frio, para não dizer irritado. Não há nenhum motivo para briga ali, ao contrário, nenhum dos dois pensa coisas bélicas. Mas seu rosto e tom de voz são frios, comedidos, bruscos, quase como ofendidos. Ao dizer "por favor", o loiro arqueia as sobrancelhas numa expressão que beira o desprezo. Não é o que ele sente. Ele põe em prática uma fórmula que, durante décadas de um convívio sem alma entre seres humanos, se tornou uma forma de proteção...

Em uma hora de viagem de trem você observa dois rapazes, pessoas medianas, razoavelmente cultas de hoje. Falaram algumas palavras, trocaram saudações, trocaram opiniões, balançaram as cabeças afirmativa e negativamente, fizeram mil pequenas coisas, ações, movimentos, e suas almas não participaram de nada disso, de nenhuma palavra, nenhum olhar, como se tudo tivesse sido uma máscara, tudo mecânico...

Pobre, magnífica alma, onde estiver haverá revolução, ruptura com o passado, nova vida, Deus. Alma é amor, alma é futuro, o resto são apenas coisas, apenas matéria, apenas obstáculo para o exercício de nossa força divina em moldar e destruir.

Seguem-se outros pensamentos: não vivemos num tempo em que o novo se anuncia em voz alta, em que relações humanas são revolucionadas, em que a violência ocorre em enormes proporções, a morte assola, o desespero clama? E não há alma também por trás de todas essas ações?

Pergunte à sua alma! Pergunte a ela o que significa o futuro, o que quer dizer o amor! Não pergunte à sua razão, não pesquise a história do mundo retrospectivamente! Sua alma não vai te acusar de ter se interessado pouco por política, de ter trabalhado pouco, ter odiado pouco os inimigos, ter defendido pouco as fronteiras. Mas talvez ela te acuse de ter temido demais as exigências que ela impunha e de ter fugido delas, de nunca ter dedicado tempo a ela, brincado com ela, seu mais jovem e belo rebento, escutado seu canto, de muitas vezes tê-la negociado por dinheiro, tê-la traído em troca de vantagens. E que isso teria acontecido com milhões, para onde olhamos as pessoas fazem caras nervosas, torturadas, irritadas, não encontram tempo para nada, exceto para o mais inútil de tudo, para bolsa e clínica. E essa situação tão feia não seria mais que uma dor, um aviso no sangue. Sua alma lhe dirá: você se tornará nervoso e sorumbático se me negligenciar, permanecerá assim e assim sucumbirá se não se voltar de novo para mim com um amor e cuidados completamente renovados. Não são de modo algum os fracos e os sem valor que adoecem em razão dos tempos e perdem a capacidade de serem felizes. São os bons, as promessas do futuro; são aqueles cuja alma não está satisfeita, que só por timidez se recusam a lutar contra uma ordem mundial enganada, mas que talvez já amanhã comecem a levar as coisas a sério.

Vista daqui, a Europa parece um dorminhoco que, ao se debater de medo em pesadelos, fere a si mesmo.

Aí você se lembra de que um professor certa vez disse algo parecido, que o mundo sofreria por causa do materialismo e do intelectualismo. Ele tem razão, mas jamais poderia substituir o médico de ninguém, muito menos o seu próprio. Nele a inteligência argumentará até a autodestruição. E assim sucumbirá.

Não importa como o mundo girar, um médico e um ajudante, um futuro e um novo impulso você só encontrará em si mesmo, na sua pobre alma, maltratada, resistente, indestrutível. Nela não há saber, julgamento, programa. Nela existe apenas impulso, futuro, sentimento. Ela foi seguida pelos grandes santos e pregadores, pelos heróis e pelos tenazes, pelos grandes comandantes e conquistadores, pelos grandes magos e artistas, por todos aqueles cujo caminho começou no cotidiano, e terminou em alturas venturosas. O caminho dos milionários é um outro, termina na clínica.

As formigas também fazem guerra, as abelhas também têm estados, também os roedores colecionam tesouros. Sua alma procura outros caminhos e onde ela se frustrar, onde você for bem-sucedido à custa dela, nenhuma felicidade haverá de florescer. Pois só a alma pode sentir "felicidade", e não a razão, a barriga, a cabeça ou a poupança.

E ainda assim, quando se pensa e fala sobre essa temática, impõe-se a ideia que há muito resumiu e expressou todos esses pensamentos. Ela foi proferida e ouvida há muito tempo e pertence às poucas ideias humanas que são atemporais e eternamente novas: "De que te adiantaria conquistar o mundo inteiro, se prejudicasses a tua alma!"

Bhagavad Gita

UMA VEZ MAIS POR HORAS de insônia fiquei deitado,
a alma repleta de sofrimento incompreendido, magoado.

Incêndio e morte sobre a terra vi arder,
Milhares de inocentes em sua dor apodrecer.

E abjurei a guerra no meu peito qual
De um Deus cego a dor irracional.

Eis que me retorna à lembrança num momento
De sombria solidão um pensamento

Que trazia a mensagem de paz consigo
De um livro sagrado indiano muito antigo

"Guerra e paz possuem a mesma valência
pois morte alguma alcança o reino da transcendência.

Se a balança da paz sobe ou desce,
A dor do mundo a mesma permanece.

Por isso luta e não te acomodes;
É vontade divina se lutar podes!

Mas por mais vitórias que te traga a luta
No pulsar do coração do mundo nada muda."

É LASTIMÁVEL QUE A MAIORIA das pessoas, enquanto são fortes e jovens, flertem com a violência e só consigam desfrutar da não violência quando já estão cansadas.

AINDA QUE HOJE AS ARMAS falem, amanhã ou depois de amanhã o espírito dos povos terá de falar novamente línguas mais suaves e mais complicadas e por toda parte ele escolherá o solo da juventude, da confiança e da esperança, mesmo lá onde esse solo ainda dorme e a terra é desconhecida e incerta.

APESAR DE TER CADA VEZ menos certeza sobre minha vida privada e minha posição social..., cultivei em mim uma segunda pele que me circunda como uma redoma de vidro e que consiste em nada mais do que na crença de que crises e sofrimentos possuem funções positivas e que o lugar em que agora me encontro deva ser considerado um ofício e um destino.

Sei de alguns...

A INFÂNCIA HABITA ALMAS TÃO PROFUNDAMENTE
Que seu encanto jamais chega a ser quebrado;
As almas seguem em sonho cego e permanente
E nunca aprendem o idioma ora falado.

Ai delas se uma infeliz causalidade
As assusta e as desperta para a realidade!

Da segurança do sonho expulsas e da infância,
Fitam sem cessar os horrores da existência.

Sei de alguns que a guerra despertou apenas
Ao ultrapassarem da vida sua metade
E que sofrem desde então suas duras penas
Como sonâmbulos trêmulos de ansiedade.

Parece que nesses desesperados
Busca com vergonha e horror a humanidade
Tornar-se consciente do sangue derramado,
Da fuga das almas, da sua crueldade.

Em memória

Eu estava em uma grande estação de trens, no guichê de bagagens, meu trem deveria partir em poucos minutos. Era final de tarde e estava escurecendo, luzes começavam a brilhar. Eu estava desde cedo fora de casa, havia parado ali por algumas horas e procurado em vão por um amigo. Então entrei no ateliê de um artista que conheço e passei lá meu tempo entre os quadros e modelos de argila, inquieto internamente pois em casa havia muito trabalho por fazer e nos dias seguintes eu deveria dar duas palestras em duas cidades para falar exatamente desse trabalho.

Era por uma boa causa, sem dúvida, tratava-se de ajudar as pobres vítimas da guerra, os inocentes que tinham ficado sem pátria, os prisioneiros na terra inimiga. E, no entanto — sentia eu por vezes e pensava também agora —, será que toda essa diligência e obstinação das nossas boas ações beneficentes não estariam um pouco erradas, um pouco apressadas demais, um pouco influenciadas pelo fatal espírito do mundo, estranho à nossa alma, aquele espírito que agora, na Grande Guerra, se debatia de o modo tão assustador e humilhante? Havia meses todo o meu ser se refugiava em momentos de distração por centenas de vezes na antiga queixa bíblica: Deixa, ó mundo, deixa-me em paz!

Peguei minha mala com o funcionário na estação e quis levá-la para o trem, que já estava na plataforma, iluminado e fumegando. Foi quando senti tocarem no meu ombro e meu querido amigo, que eu não tinha encontrado na cidade, estava ali, de frente para mim.

— Fique aqui — disse ele amavelmente. — Passe a noite lá em casa! Você não precisa partir hoje!

Dei uma risada rápida e recusei com um movimento de cabeça, então ele disse baixinho:

— Tenho uma notícia para você, me telegrafaram.

— O que foi? — perguntei, ainda sem noção de nada.

Ele pegou a mala da minha mão e disse:

— A notícia não é nada boa. Seu pai morreu de repente.

Quinze minutos depois eu estava no trem, não naquele planejado, mas num outro que me deixaria em casa ainda naquela noite. Ainda não tinha tido um momento de tranquilidade, tinha apenas enviado telegramas rápidos e procurado por conexões de trem. Agora estava a caminho de casa — não seguindo o clamor de meu coração para ir para junto de meu pai morto, mas sim me afastando dele, indo na direção oposta, para casa.

Pois não podia viajar para a Alemanha sem primeiro tirar um novo passaporte. Afinal, havia guerra, agora não se podia ter afazeres pessoais nem luto, agora não se podia fazer o que seria natural e certo, tinha-se que ficar numa fila, se esforçar para conseguir carimbos, se deixar fotografar, assinar papéis e dar informações a autoridades sobre coisas que não interessavam a ninguém. Enfim, nada disso era novidade para mim. Entretanto, em meio a tanta coisa não consegui durante a longa viagem de trem ter paz no coração. Por um lado, ele estava doendo e, com o ritmo terrível das rodas, me batia milhares de vezes abafado e repetitivo nos ouvidos: "Seu pai morreu, você não tem mais pai!"

Por outro lado, havia ao lado dessa muitas outras vozes despertas: será que ainda vou encontrar alguém em casa? Será que vou receber meu passaporte a tempo? O que estarão fazendo minhas irmãs? Ou o meu irmão? E de repente me ocorreu que precisava de um terno preto! E no meio de tudo isso me torturavam uma profunda vergonha e uma tristeza por não ter a calma e a tranquilidade para poder dedicar meu coração ao pai, por minha alma estar confusa e dividida, pelo fato de centenas de pequenas preocupações bobas ainda ocuparem meus pensamentos.

De vez em quando uma consciência semideserta da perda me subia de forma opressiva, me deixava sem ar e com dor de cabeça atrás dos olhos. Eu tentava me controlar e recompor dentro de mim a imagem do falecido com a toda minha concentração, mas ela não se formava inteiramente clara e verdadeira. A única emoção que por instantes respirava em mim, pura e consoladora, era esta: ele está bem, está em paz; está onde queria estar. Então me ocorreram os momentos em que eu vira meu pai doente, atormentado por infinitas dores, então de repente vi sua imagem clara e extremamente nítida, com seu comovente gesto de dor respirando fundo e tirando da fronte os cabelos compridos com as mãos espalmadas, enquanto pousava em mim seu olhar quieto e triste como se voltasse de algum lugar distante e estranho. E agora finalmente eu voltava a sentir sua natureza, pura e nítida em mim, e dizia a mim mesmo: "Eles nunca o entenderam, ninguém, nem seus amigos. Só eu o entendo inteiramente porque sou como ele, sozinho e incompreendido por todos."

À noite cheguei na cidadezinha onde morava, entrei no bonde, avistei rostos conhecidos sentados, conversando, e desviei o olhar para a janela; via na noite as ruas e pontes tão conhecidas com olhar estrangeiro, como se eu estivesse passando de viagem cansado por um lugar desconhecido. Minha mulher veio ao meu encontro na entrada da cidade, atravessamos os campos escuros até nossa casa, que eu tinha deixado naquela mesma manhã.

Sobre minha mesa havia cartas e em cima delas o telegrama, que li e tive de sorrir: "Adormeceu rapidamente", dizia, soava positivo e suave, e como combinava com o falecido! Era bem o jeito dele, foi como entendi e partilhei a sensação de um pequeno triunfo pelo fato de ele ter conseguido escapar tão despercebido e silencioso de nós todos. Como um pássaro, um pássaro da floresta aprisionado que encontra a janela aberta quando não há ninguém por perto.

Só tarde da noite, na cama, senti o abalo nas minhas raízes, fundo no mistério, senti a beleza triste e a efemeridade de tudo e consegui chorar.

No dia seguinte até o meio-dia tive de tratar do passaporte. As coisas se desenrolavam de forma lenta e engessada como num pesadelo, para tudo faltava algum detalhe, em todos os lugares era preciso esperar ainda um quarto de hora, o único trem que eu podia pegar já tinha partido havia muito e eu continuava ali parado num escritório, com a cabeça exausta e mãos frias, desgostoso e hipnotizado por aquele pavoroso universo das cadeiras de escritório pintadas de amarelo, pelos avisos e prescrições oficiais pregados nas paredes. Esse mundo estranhamente duro, estranhamente maldito, estranhamente inatingível, em que desde Pôncio Pilatos a vida é alienada e a alma é furtada de toda a sua essência, me rodeava fantástico em sua irrealidade lúcida e mais uma vez me privava de minha dor e meu recolhimento. Só em alguns poucos momentos as paredes insípidas desse mundo indistinto se abriam rapidamente e eu via, para além de uma distância e um vazio enormes, um homem inerte, deitado numa mortalha, esperando por mim. Em seguida tinha novamente que dar informações, escrever meu nome em papéis, até que finalmente estava na rua, atordoado, saltei num carro, cheguei em casa, encontrei a mesa posta e a mala pronta, fiquei muito tempo no telefone, comi rapidamente algo, enfiei alguns livros na mala e fui para a estação.

Não poderia chegar à casa do meu pai ainda naquele dia, mas queria viajar até onde fosse possível. Ainda cheguei a ver meus filhos voltando da escola antes de partir.

Então sentei-me no trem e viajei horas e horas, pelo mesmo caminho que percorrera no dia anterior, a ida de manhã e a volta à tarde, e mais à noite passei pela cidade e bem perto do salão em que nessa mesma noite eu deveria dar uma palestra. Com o cair da noite o lago de Constança apareceu, um navio ainda partia e à luz dos postes do porto saudei de novo o solo alemão. Anos de minha vida tinham se espelhado nessa paisagem; o peixe que eu comia, o vinho que bebia de repente expunham à luz centenas de imagens escurecidas. Após uma caminhada na brisa noturna pela adormecida Friedrichshafen e ao longo da orla do lago, dormi profundamente até o amanhecer.

Agora, a manhã seguinte, de pé no vagão do trem que me levaria a minha antiga casa, ali foi que senti claramente como o caixão de meu pai me puxava para si pelas paisagens passando. E não puxava só a mim, puxava em outros trens e vagões em outras regiões também meus irmãos, que tinham, cada um, perdido um pai a quem haviam conhecido e entendido totalmente cada um em algum traço especial da natureza dele (e nisso cada um talvez tivesse sido o único).

E mais uma vez viajei por paisagens e cidades que pertenciam à minha terra natal, onde frequentei escolas, onde fiz passeios infantis e juvenis pelas encostas de montanhas cobertas de florestas. O brilho de tudo isso hoje tinha sido apagado, eu via minha vida em retrospectiva não como um vale talhado pelo acaso, mas como uma única estrada dura e reta de um categórico incontornável, vindo do meu pai e levando de volta a ele.

Pensei outra vez na incompreensão em que nosso pai passara tão extensos trechos de sua penosa vida, embora tivesse recebido o dom maravilhoso de mostrar aos outros exatamente aquilo em sua natureza que era leve, claro, luminoso e arejado, de doar tudo isso como um presente inspirador.

Curiosamente, na vida desse homem sempre sofrido e tão sensível, torturado por dores, brilhava uma positividade singular, um brilho nobre de boa educação e cavalheirismo. Não era a alegria de naturezas saudáveis e ingênuas que o tornava assim grato e aberto ao que fosse bom. Sua gratidão e alegria eram como as de alguém que sofreu, que aprendeu em anos difíceis a ter o cuidado de deixar uma porta aberta para raios de sol e pequenos consolos da vida.

Lembrei-me da última vez que o visitei, como já logo depois de nos cumprimentarmos nossa conversa tinha sido cheia de entendimento, cheia de luz e confiança. E embora ele, que certamente conhecia a mim muito melhor do que eu a ele, pudesse ter motivos suficientes para desconfiar ou zombar de mim ou querer que eu fosse diferente, embora eu, em contraposição à sua devoção delicada fosse uma pessoa mundana e rude, pairava sobre nós como um céu cálido um sentimento de comunhão, de não podermos perder um ao outro. E a tolerância e a capacidade de fazer concessões estavam sem dúvida muito mais presentes nele do que em mim. Pois, embora não fosse um santo, era feito da mesma matéria rara. Quando estive pela última vez no seu quartinho tranquilo — que para mim era um abrigo e refúgio de paz, para ele uma masmorra e uma jaula torturante — ele, que tinha ficado cego havia algum tempo, me contou sobre um de seus pequenos recursos para suportar noites insones. Lembrava-se de boas frases em latim e de provérbios, ainda por cima em sequência alfabética, o que, além de disciplinar o pensamento, tinha a virtude de mostrar até mais claramente o tesouro que existia na memória. Convidou-me a experimentar esse jogo com ele começando com a letra A. Levei bastante tempo para juntar dois ou três provérbios. *"Alea iacta est"* me ocorreu primeiro e *"Ars longa, vita brevis"*. Mas ele, pensando com as pálpebras abaixadas sobre seus olhos cegos, emendou, como um caçador de cristais, uma bela frase completa à próxima exatamente em ordem alfabética — ainda me lembro que seu último provérbio foi *"Aut Caesar aut nihil"* —, pronunciava cada frase de forma clara e cuidadosa, com um alegre respeito pela bela língua lacônica e melodiosa, como um colecionador pega seus itens com dedos amorosos e educados.

Agora eu o via novamente inteiro, o rosto fino sob os longos cabelos penteados para trás, a testa nobre e alta em toda a sua beleza, a saliência alta das pálpebras cerradas sobre os olhos cegos, e pela primeira vez desde que tinha sabido da sua morte senti como um frio no mais profundo do meu ser a irreparabilidade de todas essas coisas amadas, doces e preciosas. De repente percebi que perda seria nunca mais sentir sua mão delicada procurando minha cabeça para uma bênção ou nunca mais escutar sua voz. Por um momento, parado junto à janela do trem que balançava, senti nada mais que a dor do que me fora roubado, e algo como uma amargura para com todas as pessoas que não o tinham perdido, que não o tinham conhecido, que não sabiam que ser humano decente tinha ali vivido e morrido.

E logo me ocorreu algo muito pior, muito mais terrível — como tinha podido não pensar nisso antes? Minha última mensagem para ele, que talvez ainda tivesse recebido em suas últimas horas — um cartão-postal curto, apressado e frio com saudações sucintas e a queixa de que eu naquele momento não conseguia encontrar tempo nem para escrever uma carta! Ó Deus, que coisa miserável, feia, vergonhosa, muito pior do que se eu não tivesse escrito nada! As dores que causei a meu pai na minha juventude não eram nada, eram amargas, mas compreensíveis, tinham sido necessárias. Mas aquela indiferença, esse estar perdido em negócios e afazeres vazios por conta dos quais eu perdia os primeiros deveres do amor, como isso era perverso e imperdoável! A culpa caiu sobre mim, me soterrou como uma torrente escura de lama...

O trem parou na estação da capital, um amigo me apanhou e me levou para sua casa até que eu pudesse continuar a viagem. Depois o vagaroso trem interiorano partiu para os vilarejos, finalmente parando na pequena estação. Nela vi pessoas esperando, entre elas vi de repente meu irmão, que abracei, assim como a minha irmã, estávamos unidos de novo, como unha e carne, como na infância. A casa paterna perdida, as memórias do convívio inocente, os olhos castanhos afetuosos de nossa mãe há muito falecida, de repente tudo estava ali e nos dava calor e abrigo, cheirava familiar, falava em linguagem de criança, corria tranquilizadoramente pelo nosso sangue. Quão pobres andamos pelas nossas estradas poeirentas enquanto poderíamos respirar tanto amor! Quão pobres, ah, quão pobres! Mas agora estava tudo bem, agora eu tinha voltado para casa.

Uma caminhada tranquila pelo vilarejo e pelos campos pouco antes da primavera, restos de neve ainda por toda parte. Que bom, que indizivelmente bom eu ter vindo, estar ali, segurando os braços das minhas irmãs e batendo no ombro do meu irmão! E que triste e maravilhoso subir a colina até a casa em que nosso pai jazia esperando por nós. Rever a janela da qual ele acenava para seus filhos a cada partida. Subir a escada e ver junto da porta de vidro o gancho onde sempre pendurava seu chapéu de feltro macio. E respirar no corredor e no quartinho a atmosfera de limpeza simples e perfumada, de uma pureza delicada que sempre o tinha rodeado.

Primeiro conversamos, as irmãs tinham preparado café. Sim, ele escapara num voo muito leve e rápido, se esgueirara quase que como numa travessura, sem rumor, sem gestos. Sabíamos que ele, que de tanto sofrer se tornara desconfiado, não era livre de algum medo da morte, a qual mesmo assim desejava frequentemente e bastante. Estava tudo bem, estava resolvido, não havia mais nada a se desejar. Encontrei anúncios fúnebres impressos sobre a mesa, entre eles um salmo sublinhado, que segundo sua vontade deveria constar na sua lápide. Perguntei às irmãs como era a frase. Ambas sorriram e disseram:

— A corda se rompeu, o pássaro está livre!

Depois me afastei silenciosamente para o outro lado, abri a porta para o quarto dele. A janela estava aberta, o frio da neve entrava soprando o perfume das flores.

Nosso pai estava deitado no branco de flores que o circundavam, as mãos levemente postas uma sobre a outra. Sua cabeça pendia para trás, como num inspirar profundo, a testa alta poderosa e magnânima, os olhos tranquilos fechados. Aquele semblante expressava a paz alcançada de uma forma tão profunda, tão intrínseca! Em seus queridos traços havia tanto repouso, tanta redenção e satisfação cordial! Ele, a quem dores e inquietações haviam perseguido a vida toda e tornado um guerreiro nobre, ora parecia escutar com um profundo e íntimo assombro o silêncio infinito que o circundava. Ó pai, pai!

Quando, em lágrimas, beijei suas mãos e coloquei na sua testa pétrea as minhas mãos vivas e quentes, me veio a lembrança de meus tempos de menino, quando no inverno um de nós voltava para casa com as mãos frias e meu pai nos pedia para colocar nossas mãos um pouco na sua testa pois fortes dores de cabeça o atormentavam às vezes por dias a fio. Agora minhas mãos inquietas e quentes estavam sobre sua testa e absorviam seu frio. Toda a distinção e a elevada nobreza que ele tinha em sua essência estavam traçadas mais que evidentes em seu rosto, como a dignidade num pico de montanha nevado e sereno. Ó pai, pai! À noite uma das irmãs me deu um anel de luto dourado. Tinha pertencido a minha mãe, no começo dos anos sessenta, ela o encomendara para seu primeiro noivo com uma frase gravada no interior, dez anos depois dera o anel a meu pai no casamento.

Virei a aliança de ouro estreita para ler a velha inscrição, depois coloquei-a no meu dedo. Serviu perfeitamente. Quando contemplei meu dedo com o anel que tinha visto milhares de vezes na mão de meu pai e com o qual eu brincava de girar no seu dedo, minha irmã mais velha também olhou para mim e nós dois vimos como meu dedo e minha mão eram parecidos com os de nosso pai. À noite acordei duas vezes por causa do anel com o qual não estava acostumado, pois eu até ali nunca usara nenhum, e fiquei deitado sentindo intuitivamente que o anel era apenas um mero símbolo das centenas de aflições que ligavam meu ser e meu destino aos de meu pai.

No dia seguinte fiquei mais um tempo a sós com ele, que ainda parecia escutar aquela grande paz atento e deslumbrado e ter com ela se tornado uno; esfriei mais uma vez testa e mãos naquela fonte sagrada. E toda dor era nada diante daquele frio bom. E se eu tinha sido um mau filho, tão indigno de um pai como esse, ao menos um dia minha alma se acalmaria e meu pulso inquieto também se resfriaria. E se não fosse possível encontrar nenhum outro consolo em meio à dor, haveria sempre este: também a minha testa um dia se esfriaria e meu sentido passaria assim ao essencial.

Só a partir dos momentos bonitos e plenos de intimidade que passei no quartinho frio e claro do meu falecido pai é que a noção da morte se tornou importante e preciosa para mim. Até ali eu havia pensado pouco na morte, nunca a temera, muitas vezes a tinha desejado em momentos de desespero e impaciência. Só agora eu a via em toda a sua realidade e grandeza, como nos espera na outra ponta para que nosso destino se cumpra e um círculo se feche. Até ali minha vida fora um caminho que se iniciara com muito amor, com mãe e infância, um caminho que trilhei muitas vezes cantando ou aborrecido e que muitas vezes maldizia, mas seu fim nunca tinha se mostrado claramente para mim. Todo impulso, toda força que nutriam minha existência pareciam vir unicamente do começo escuro, do nascimento e do colo materno, e a morte me parecia ser apenas um ponto qualquer ao acaso onde essa força, esse impulso um dia haveriam de se cansar e se extinguir. Só agora eu via a grandeza e a necessidade também desse "acaso" e sentia minha vida ligada às duas pontas e determinada por elas, enxerguei meu caminho e meu dever de ir ao encontro desse fim como a uma consumação, de amadurecê-lo e me aproximar dele como da mais séria de todas as celebrações.

Conversamos muito e quem se lembrava de relatos especiais da vida de nosso pai em seus primeiros anos procurava reproduzi-los, líamos uns para os outros partes de suas anotações. Às vezes um de nós pegava da parede uma foto de família, analisava, procurava informações no verso. Às vezes um de nós desaparecia para ir "para o outro lado" ficar um pouco com o pai, outras vezes um de nós começava a chorar. Uma de minhas irmãs tinha perdido mais do que nós todos, para ela a morte do pai se tornou uma mudança radical também na vida concreta. Nós a rodeamos e a tomamos como centro do nosso amor. Perpassando anos e décadas de uma lenta separação, a consanguinidade e a fraternidade nos abraçavam com centenas de caras lembranças de pai e mãe. Isso era o que reconhecíamos como o essencial na herança do falecido e que tínhamos colocado em prática imediatamente: não era apenas o laço do sangue que nos compelia no momento da angústia. Era, para além disso, o legado de uma criação e uma fé a que nossos pais tinham servido e de que nenhum de nós filhos pensava em se separar e que cingia forte, mesmo após o rompimento de todas as amarras de palavras e convívio, também a mim. Essa fé sentíamos agora nós todos, a fé em um preceito, a fé em uma vocação e um dever. Essa fé, impossível de se expressar em palavras ou de se aplacar em atos, nos era comum como o sangue. Mesmo se perdêssemos uns aos outros, sabíamos que pertencíamos para sempre a uma ordem, uma ordem secreta de nobreza da qual não se pode sair. Pois até se pode espezinhar uma fé assim, porém jamais apagá-la.

Mas sobre isso não dissemos uma só palavra.

Agora a terra marrom da primavera está entre ele e nós e talvez hoje as primeiras flores já tenham lançado raízes sobre seu túmulo. Não tenho mais lar, pai e mãe estão enterrados em lugares diferentes. Não trouxe comigo objetos de recordação ou de culto, só aquele anel de ouro estreito ao qual minha mão já se habituou. Minha pátria um dia será onde a terra prestar também a mim os últimos serviços maternais. Mas não estou perdido no mundo que amo e para o qual sou um estranho, como era também o falecido. Ganhei mais do que perdi na sepultura úmida e marrom do solo suábio. Quem adentra a trilha da maturidade não pode mais perder, só ganhar. Até que chegue também para si a hora de encontrar aberta a portinhola da gaiola e, numa última batida do coração, escapar das limitações.

Quem então procurar para pessoas desse tipo na Bíblia e em outros livros por uma boa passagem e mensagem, que não diz nem quer dizer tudo, mas reflete o mais sublime brilho da situação, certamente não encontrará uma melhor do que o verso do salmo: "A corda se rompeu, o pássaro está livre."

Sem repouso

ALMA, PÁSSARO MEDROSO,
Segue sempre indagando:
Depois de tanto caos, quando
Chega a paz, quando o repouso?

Ah, eu sei bem: mal se aponta
Sobre a terra a calmaria,
Novamente em ti desponta,
Em tormento, a paz de cada dia.

Em breve irás, incautamente,
Procurar para si novos tormentos
E arder, mais nova estrela, impaciente
Pelo espaço de novos firmamentos.

Transitoriedade

Em todos os tempos bons, fecundos, ardentes de sua vida, mesmo já na juventude, sua vela queimara nas duas pontas, numa sensação, ora rejubilante ora angustiante, de desperdício insano, de combustão, de um desejo desenfreado de esvaziar inteiramente o cálice, com um profundo, secreto medo do fim. Muitas vezes já tinha vivido assim, muitas vezes esvaziara o cálice, muitas vezes tinha ardido em chamas. Por vezes o desfecho fora suave como uma hibernação inconsciente profunda. Por vezes fora terrível, uma devastação insensata, dores intoleráveis, médicos, renúncias tristes, triunfos da fraqueza. E mesmo assim, o desfecho de um período de chamas se tornava cada vez pior, ficava mais triste, mais aniquilador. Mas também isso era sempre superado e, após semanas ou meses, após sofrimento ou apatia, chegava a ressurreição, um novo fogo, uma nova erupção das chamas subterrâneas, novas obras mais ardentes, nova embriaguez de vida inflamada. Tinha sido assim e os tempos de dor e fracasso, os interlúdios miseráveis tinham caído no esquecimento e desaparecido. Era tão bom... Milhares de coisas esperando, tantos cálices cheios! Nada na face da Terra que não se devesse pintar! Nenhuma mulher no mundo que não se devesse amar! Para que existia o tempo? Por que sempre essa consecutividade idiota e não uma única simultaneidade estrondosa, saciadora? Por que ele estava de novo sozinho na sua cama, como um viúvo, como um ancião? Por toda a breve vida podia-se desfrutar, podia-se criar, mas só se cantavam canções uma após a outra, nunca soava a sinfonia inteira com centenas de vozes e instrumentos ao mesmo tempo. Há muito tempo, na idade de doze anos, ele tinha sido o mago Klingsor, com suas dez vidas. Os meninos brincavam de bandidos e cada um dos bandidos tinha dez vidas, cada vez que fosse tocado por um adversário com a mão ou a lança ele perdia uma vida. Com seis, com três, com uma única vida ainda se podia escapar e ser livre, só após a décima é que tudo estava perdido. Mas ele, Klingsor, se orgulhava de conseguir vencer com todas, todas as suas dez vidas, considerando vexaminoso escapar com nove ou sete. Assim tinha sido ele quando menino, naquela época inacreditável em que nada no mundo parecia impossível, nada difícil demais, em que todos amavam Klingsor, em que Klingsor comandava todos, em que tudo pertencia a Klingsor. E assim ele tinha continuado e sempre vivido com dez vidas. E ainda que nunca pudesse alcançar a saciedade, a plena sinfonia estrondosa, sua canção também não fora monofônica nem pobre, ele sempre tivera algumas notas a mais do que os outros na sua melodia, alguns ferros a mais no fogo, alguns vinténs a mais na bolsa, alguns cavalos a mais na sua carruagem! Graças a Deus!...

A breve noite de verão passou como se derretesse em febre. Vapores subiam das profundezas dos verdes vales, em centenas de milhares de árvores fermentava a seiva, centenas de milhares de sonhos pairavam no sono leve de Klingsor, sua alma cruzava o salão de espelhos de sua vida, em que todas as imagens se encontravam multiplicadas e sempre com um novo rosto e novo significado, e começavam novas relações, como se as estrelas do céu fossem todas misturadas num lance de dados...

Era a hora do dourado da tarde, a luz do dia ainda ardia por toda parte, mas a lua já começava a brilhar e os primeiros morcegos flutuavam no cintilante verdor do ar. Uma beira de mata parecia tão suave na última luz, o claro de troncos de castanheiras diante do escuro de sombras, uma cabana amarela emanava docemente a luz do dia que havia tragado, luminosa como um topázio amarelo, em vermelho e violeta pequenas trilhas atravessavam campinas, videiras e floresta, aqui e ali já se via um ramo amarelo de acácia, o céu do ocidente dourado e verde sobre as montanhas de azul aveludado.

Quem me dera poder ainda agora trabalhar no último e mágico quarto de hora desse dia de verão maduro que nunca mais se repetiu! Tudo estava tão indizivelmente lindo, tão calmo, bom e generoso, tão cheio de Deus! Klingsor se sentou na relva fresca, pegou mecanicamente um lápis e deixou sua mão tombar novamente, sorrindo. Estava exausto. Seus dedos tatearam a grama seca, a terra ressecada e quebradiça. Daqui a algum tempo o belo e excitante jogo teria acabado! Mais algum tempo e boca e olhos estariam cheios de terra! Thu Fu lhe mandara um poema nesses dias, que ele recordou e recitou lentamente para si mesmo:

Quantas de suas dez vidas Klingsor ainda tinha? Três? Duas? Ainda era mais de uma, mais do que uma vidinha comportada e comum, normal e burguesa. E tinha feito muito, visto muito, pintara muito papel e tela, excitara muitos corações com amor e ódio, trouxera muita chateação e muitos novos ventos ao mundo através da arte e da vida. Amara muitas mulheres, destruíra muitas tradições e santuários, ousara muitas coisas novas. Esvaziara muitos cálices cheios, inspirara muitos dias e noites estreladas, ardera sob muitos sóis, nadara em muitas águas. Agora estava sentado ali, na Itália ou na Índia ou na

China, o vento de verão farfalhava caprichosamente as copas das castanheiras, bom e perfeito era o mundo. Não fazia diferença se pintaria ainda cem quadros ou dez, se viveria ainda mais vinte verões ou só um. Estava cansado, cansado... Tudo morre, tudo morre com prazer. Grande Thu Fu!

Era hora de ir para casa. Ele cambalearia para dentro do quarto, seria recebido pelo vento na porta da varanda. Acenderia a luz e tiraria da pasta seus desenhos. O interior da mata talvez ficasse bom com bastante amarelo-cromo e azul-chinês, um dia esse quadro existiria. Avante, era hora de ir.

Entretanto permaneceu sentado, o vento nos cabelos, no seu casaco de linho esvoaçante, sujo de tinta, com um sorriso e uma dor no coração em crepúsculo. O vento soprava suave e frouxo, os morcegos cambaleavam silenciosos pelo céu que escurecia. Tudo morre, tudo morre com prazer. Resta apenas a mãe eterna.

Ele podia dormir ali também, ao menos uma hora já que fazia calor. Deitou a cabeça na mochila e olhou o céu. Como é belo o mundo, como nos deixa saciados e exaustos!

Passos desciam o morro, fortes, em solas de madeira soltas. Entre as samambaias e as giestas apareceu um vulto, uma mulher, já não era possível reconhecer as cores de suas roupas. Ela se aproximou num passo sensato, regular. Klingsor se levantou de um salto e gritou boa-noite. Ela se assustou um pouco e parou por um instante. Ele observou o rosto dela. Ele a conhecia, mas não sabia de onde. Era bonita e escura, seus dentes bonitos e firmes reluziam.

— Veja só! — exclamou ele e deu-lhe a mão. Sentiu que algo o ligava a essa mulher, alguma pequena lembrança. — Ainda nos conhecemos?

— *Madonna!* O senhor é o pintor da Castagnetta! Ainda me reconheceu?

Sim, agora ele sabia. Era uma camponesa do vale da Taverna, certa vez, no passado já tão confuso e cheio de sombras daquele verão, ele pintara algumas horas na casa dela, pegara água no poço, cochilara por uma hora na sombra da figueira e, por fim, recebera dela um cálice de vinho e um beijo.

— Você nunca voltou — queixou-se ela. — E me prometeu tanto que o faria.

Coragem e desafio soavam em sua voz grave. Klingsor se avivou.

— *Ecco*, tanto melhor que você veio até mim! Que sorte tenho, logo agora que estava tão sozinho e tão triste!

— Triste? Não finja... O senhor é um brincalhão, não dá para acreditar em uma palavra sua. Bem, eu tenho de ir andando.

— Ó, então eu te acompanho.

— Não é o seu caminho e não é necessário. Que mal poderia me acontecer?

— A você, nada, mas a mim. Alguém poderia aparecer e te fazer gostar dele, andar a seu lado, beijar sua linda boca, seu pescoço e esses belos seios, outro que não eu. Não, não pode ser.

Ele passou a mão pelo pescoço dela e não largou mais.

— Minha estrelinha, tesouro! Minha ameixinha doce! Ou você me morde ou eu te devoro.

Ele a beijou e ela se curvou para trás rindo, a boca forte aberta, e em meio a hesitações e resistência ela afinal cedeu, retribuiu o beijo, sacudiu a cabeça, riu e procurou se libertar. Ele a segurou contra si, a boca sobre a dela, a mão no seu seio, o cabelo dela tinha cheiro de verão, de feno, giesta, samambaia, amoras silvestres. Ergueu por um instante a cabeça para respirar e viu no céu que se apagava, branca e pequena, a primeira estrela. A mulher se calou, seu semblante tinha ficado sério, suspirou, botou a mão na dele e a apertou mais forte contra o seio. Ele se abaixou delicadamente, passou o braço pela dobra dos joelhos dela, que não ofereceram resistência, e deitou-a na relva.

— Você me ama? — perguntou ela como uma menininha.

— *Povera me!*

Beberam do cálice, o vento revolvia os cabelos dela e levava consigo seu fôlego.

Antes de se despedirem, ele procurou na bolsa e nos bolsos de seu casaco por algum presente, encontrou uma latinha de prata, pequena, ainda cheia de tabaco para cigarros, esvaziou e deu a ela.

— Não, seguramente não é um presente! — assegurou ele. — É só uma lembrancinha para que não me esqueças.

— Não vou te esquecer — disse ela. — Você volta?

Ele se entristeceu. Beijou-a lentamente em ambos os olhos.

— Volto, sim — disse.

Por algum tempo, parado imóvel, escutou os passos dela nas solas de madeira, descendo a colina, sobre a campina, pela floresta, sobre a terra, sobre rochas, sobre folhas caídas, sobre raízes. Até que tinha sumido. A mata à noite era escura, o vento morno passava sobre a terra apagada. Alguma coisa, talvez um cogumelo, talvez uma samambaia murcha, soltava um cheiro forte e amargo de outono.

Tanta flor

Tanta flor carrega o pessegueiro
E nem todas chegam a se tornar fruta.
Brilham claro como orvalho no roseiro
Entre o azul celeste e nuvens em fuga.

Como botões de flor, pensamentos nascem,
Centenas deles, sempre, todo dia —
Deixe que floresçam, que façam como fazem!
Não indague sobre alguma serventia!

É preciso que haja jogo também, e inocência
E florescências em grande abundância,
Ou o mundo acabaria em insignificância
E em ânsia de prazer sem anuência.

Não é mais primavera no meu coração. É verão... Minha nostalgia embriagada não pinta mais cores oníricas sobre as distâncias enevoadas, meus olhos se satisfazem com o que aqui está porque aprenderam a enxergar... Estou ansioso por amadurecer. Estou pronto para morrer, pronto para renascer. O mundo se tornou mais bonito.

Dizem dos suábios que só tomam juízo aos quarenta anos, e os próprios suábios, não muito autoconfiantes, por vezes encaram isso como um motivo de vergonha. Entretanto é o contrário, é uma grande honra, pois o juízo a que se refere o provérbio (que é nada mais do que aquilo que os jovens também chamam de "sabedoria dos mais velhos", conhecer as grandes antinomias, o segredo da circulação sanguínea e da bipolaridade) raramente pode ser encontrado mesmo entre os suábios — ainda que muito inteligentes — de apenas quarenta anos. Quando passamos da metade dos quarenta, quer sejamos inteligentes ou não, aquela sabedoria ou mentalidade do envelhecimento se instaura naturalmente, auxiliada sobretudo pelo envelhecimento físico crescente, que traz toda sorte de advertências e queixas...

Quanto mais rígidas nossas juntas, tanto mais precisamos de um pensamento elástico, biperspectívico, bipolar.

O fim do verão

Era alto verão, tempo bom e claro aqui no sul dos Alpes e havia duas semanas eu sentia a cada dia aquela angústia secreta em relação ao seu fim — sentimento que reconheço como o mais forte ingrediente secreto de tudo que é belo. Eu receava sobretudo o menor sinal de tempestade, pois a partir de meados de agosto cada tempestade pode acabar durando dias e levando consigo o verão, ainda que depois o tempo melhore. Especialmente aqui no sul é quase regra que o alto verão seja vitimado por uma tempestade dessas, que se apague e morra repentinamente, em chamas e cataclismos. Depois, quando passam as convulsões selvagens de uma tempestade dessas que duram dias, quando os milhares de relâmpagos, os infindáveis concertos de trovoadas e os derramamentos intensos e repentinos das torrentes mornas de chuva se aplacam e acabam, numa certa manhã ou tarde espia do aglomerado efervescente de nuvens um céu azul suave, da cor mais divina, tudo cheio de outono, as sombras da paisagem são um pouco menos nítidas e contrastantes, perdem um pouco de cor e ganham em contornos. Como um homem de cinquenta anos, que ainda ontem parecia firme e forte, após uma enfermidade, após uma decepção, de repente passa a trazer no rosto muitos pequenos sulcos e, em cada ruga, pequenos indícios de fenecimento. Uma tempestade de fim de verão assim é terrível, assim como a luta fatal do verão, sua repulsa selvagem a ter que padecer, sua ira insana e dolorosa, seu debater-se ao redor de si, de árvores, tudo isso, ao fim de alguma resistência, é inútil e tem de acabar.

Neste ano, o alto verão não parece que vai ter esse final dramático e selvagem (embora ainda seja possível), desta vez ele parece querer morrer a morte suave e lenta da velhice. Nada mais característico desses dias, em nenhum outro sinal sinto tão intensamente essa forma linda e especial de fim de verão quanto à noite, ao retornar de uma caminhada ou de um jantar campestre: pão, queijo e vinho em algum recanto de sombra na floresta. Típico dessas noites é a distribuição da temperatura, sua queda lenta e silenciosa na intensificação do frio, do orvalho noturno, a debandada cuidadosa do verão, infinitamente maleável e protegida. Essa luta se faz sentir em milhares de finas ondas quando se está ao ar livre duas ou três horas depois do pôr do sol. Nesse momento, o calor do dia ainda paira na floresta densa, em cada arbusto, em cada trilha, se acumula, se encolhe, se agarra a noite inteira à vida, procura cada cova, cada proteção contra o vento. No lado noturno das colinas nessas horas, as matas são como grandes reservatórios de calor, corroídos nas beiradas pelo frio noturno, e cada declive no solo, cada curso de água, e não apenas eles, mas também cada forma e densidade de vegetação se revelam claramente e com infinita precisão ao caminhante por meio das gradações de temperatura. Exatamente como o esquiador atravessando um trecho de montanha pode sentir fisicamente em seus joelhos que se vergam toda a configuração do terreno, cada saliência e depressão, cada fissura lateral ou reta, de forma a conseguir identificar, após alguma prática, por meio dessa sensação nas pernas, a imagem completa de uma encosta de montanha durante a descida, assim leio na profunda escuridão da noite sem lua nas suaves ondas de calor a imagem da paisagem. Entro numa floresta e já sou recepcionado após três passos por uma crescente onda de calor, como um forno esquentando suavemente. Percebo esse calor aumentar e diminuir de acordo com a densidade da mata; cada leito de riacho, ainda que há muito não contenha mais água, preserva um resto de umidade e se anuncia num frio irradiante. Em cada estação do ano, as temperaturas de diferentes pontos de um terreno variam, mas essa variação só pode ser sentida tão forte e claramente durante os dias de transição entre o alto verão e o início do outono. Assim como no inverno o vermelho róseo das montanhas sem folhas, como na primavera a densa umidade do ar e o crescimento das plantas, como no começo do verão os bandos noturnos de vaga-lumes, essa extraordinária caminhada noturna pelas diferentes ondas de temperatura por volta do fim do verão também faz parte das experiências sensoriais que possuem o mais forte impacto sobre o humor e a experiência de vida. Como ainda ontem à noite, quando eu voltava do abrigo na mata para casa, no encontro do despenhadeiro com o cemitério de Sant'Abbondio e a fria umidade das campinas e do vale do lago bateu em minha direção! Como o agradável calor da floresta ficou para trás e se escondeu embaixo das acácias, das castanheiras e dos amieiros! Como a floresta se protegia do outono, como o verão se protegia de padecer! Da mesma forma o ser humano se protege, com a chegada dos anos em que seu verão decai, do fenecer e do perecer, contra o frio que tenta permear o espaço terrestre e seu próprio sangue. E com renovado fervor ele se entrega aos pequenos jogos e sons da vida, às sublimes belezas de sua superfície, às delicadas chuvas de cores, às sombras das nuvens que passam, ele se agarra sorridente e temeroso ao que há de mais fugaz, assiste a sua própria morte, extrai dela angústia e consolo, e aprende, horrorizado, a arte de saber morrer. Aqui se encontra o limite entre juventude e maturidade. Muitos já o ultrapassam aos quarenta anos ou antes, muitos só o sentem por volta do fim dos cinquenta ou sessenta. Trata-se, porém, sempre do mesmo fenômeno: no lugar da arte de viver, aquela outra arte começa a nos interessar, no lugar da formação e do aperfeiçoamento da nossa personalidade é a decomposição e dissolução dela que começa a nos ocupar. E de repente, quase que como de um dia para o outro, nos sentimos velhos, sentimos os pensamentos, interesses e emoções da juventude como estranhos. É em tais períodos de transição que pequenas cenas delicadas, como o apagar e fenecer de um verão, podem nos comover e nos tocar, encher nossos corações de espanto e calafrios, nos fazer tremer e sorrir.

Logo a mata já não tem o verde de ontem, as folhas das videiras começam a se tornar mais amarelas, embaixo delas, as frutas começam a ficar azuis e roxas. As montanhas ao anoitecer se cobrem de violeta e o céu daqueles tons esmeralda que levam ao outono. E depois? Depois será o fim das noites no Grotto, das tardes de banho no lago de Agno, de sentar-se ao ar livre e pintar sob as castanheiras. Feliz daquele que poderá então voltar para um trabalho que ame e que faça sentido, voltar para pessoas amadas, para algum lar! Aquele que não o puder, aquele que houver perdido essas ilusões, este logo se recolhe antes do início do frio à cama ou viaja como fuga, observando aqui e ali pessoas que possuem um lar, uma comunidade, que acreditam em suas profissões e atividades. Ele os observa, como trabalham, se esforçam e se empenham e como por sobre toda sua boa-fé e todos os seus esforços vai se formando invisível e paulatinamente a nuvem da próxima guerra, da próxima revolução, da próxima decadência, visível apenas para os ociosos, os incrédulos e os decepcionados — os envelhecidos que substituíram o otimismo perdido por uma pequena e delicada preferência, típica da idade, por verdades amargas. Nós velhos observamos como, no brandir da bandeira dos otimistas, o mundo se torna a cada dia mais perfeito, cada nação se sente sempre mais divina, mais perfeita, mais justificada em exercer a violência e atacar livremente, como surgem na arte, no esporte, na ciência as novas modas e novas estrelas, os nomes brilham, os superlativos escorrem das páginas dos jornais e como tudo isso arde em vida, em calor, entusiasmo, em desejo intenso de viver e numa embriaguez de não se querer morrer. Onda após onda se erguem ardentes, como as ondas de calor na floresta de Tessin no verão. Eterno e poderoso é o teatro da vida, sem conteúdo, mas em perpétuo movimento, em eterna defesa contra a morte.

Ainda temos muitas coisas boas pela frente antes de entrarmos novamente no inverno. As uvas azuladas ficarão macias e doces, os rapazes vão cantar durante a colheita, as meninas em suas bandanas coloridas serão como lindas flores do campo na folhagem amarelada das videiras. Muitas coisas boas ainda nos aguardam e muito do que hoje nos parece amargo um dia será doce quando tivermos aprendido melhor a arte de morrer. Por enquanto ainda esperamos que as uvas amadureçam, que as castanhas caiam dos galhos, esperamos ainda saborear a próxima lua cheia e nos tornamos visivelmente mais velhos, embora enxergando a morte ainda bastante longe. Como disse um poeta:

Para os mais velhos, o que faz bem
É vinho tinto e calor de fogão.
E, por fim, uma morte suave também
— Mas bem mais tarde, hoje ainda não!

Com a maturidade fica-se mais jovem. Isso acontece comigo também, embora no meu caso não queira dizer muita coisa, pois no fundo sempre guardei o sentimento de vida dos meus anos de infância e sempre senti minha idade adulta e o envelhecimento como uma espécie de comédia.

Para mim, o enfatizar da juventude ou sua organização nunca me foram simpáticos; jovens e velhos existem na verdade só entre pessoas medíocres; todos os seres humanos inteligentes e diferenciados são ora velhos, ora jovens, assim como podem estar felizes num momento e tristes noutro. Cabe aos mais velhos lidar de forma mais livre, mais lúdica, mais experiente e bondosa com sua própria capacidade de amar do que a juventude consegue fazê-lo. A velhice sempre acha a juventude um pouco precoce. Mas a velhice gosta de imitar gestos e modos da juventude, ela própria é fanática, injusta, é autocomplacente e se ofende facilmente. A velhice não é pior do que a juventude, como Lao Tse não é pior do que Buda. Azul não é pior do que vermelho. A velhice só se rebaixa quando quer brincar de juventude.

ENVELHECER É EM SI UM processo natural e um homem de 65 ou 75 anos, se não quiser ser mais jovem, é tão saudável e normal quanto um de 30 ou 50. Mas infelizmente nem sempre nos conformamos com nossa idade, muitas vezes nos precipitamos internamente e mais vezes ainda ficamos para trás de nossa idade — nesse caso, a consciência e o sentimento de vida estão menos maduros do que o corpo, se rebelam contra seus processos naturais e exigem algo de si mesmos que não conseguem mais suprir.

O homem de cinquenta anos

DO BERÇO AO CAIXÃO
Cinquenta anos lá se vão,
Então a morte se inicia.

Emburrecemos, azedamos,
Decaímos, nos decompomos
E os cabelos vão para o chão.
A queda dos dentes se completa
Também e, em vez da companhia
De amores jovens e alegrias,
Buscamos versos de um poeta.

Mas uma vez mais antes do fim
Uma menina assim eu queria,
Olhos claros e cabelo cacheado,
Em minhas mãos tomá-la para mim,
A boca, os seios, a face eu beijaria,
Tiraria seu vestido e seu bordado.
E depois, em nome do Senhor no além,
que a morte enfim me carregue. Amém.

Entrando numa casa nova

MUDAR PARA UMA CASA NOVA significa não apenas começar algo novo, mas também abandonar algo antigo. E se agora me mudo para nossa nova casa, preciso agradecer de coração ao amigo cuja bondade tornou isso possível e louvar a ele e aos outros amigos, que nos ajudaram a conseguir a casa e seus móveis, com gratidão e renovada amizade. Mas dizer algo sobre a casa nova, descrevê-la em um relato, elogiá-la, cantar uma canção em sua homenagem, isso eu não poderia, pois como escolher palavras e canções no primeiro passo de um recomeço, como elogiar um dia antes de seu anoitecer? Certamente podemos, ao entrar numa casa nova, alimentar desejos no coração e pedir a nossos amigos que também tragam no coração esses desejos silenciosos pelo futuro da casa e da nossa vida nela. Mas dizer algo sobre a casa em si, dar um relato real sobre ela, me posicionar em relação a uma experiência com ela, isso só posso depois de um bom tempo.

O que em todo caso posso e devo é, com nossa entrada nessa nova casa, lembrar das outras casas que em épocas passadas me abrigaram e protegeram minha vida e meu trabalho. Sou grato por cada uma delas, pois cada uma preserva incontáveis lembranças e ajuda minha memória a conferir feições próprias ao tempo em que nelas vivi. Por isso, como em um raro encontro de família evocamos o passado e lembramos os mortos, hoje quero lembrar todos as predecessoras desta nossa bela casa, evocar sua imagem e falar delas aos amigos.

Apesar de ter sido criado em casas velhas e de caráter, em minha juventude eu não era suficientemente culto e, sobretudo, estava muito ocupado comigo mesmo para dar alguma atenção e amor à casa onde vivia. Embora a aparência de meus aposentos não me fosse de forma alguma indiferente, naquele tempo só o que me importava era minha própria contribuição para a aparência de meu respectivo quarto. Não me interessavam nem me alegravam as dimensões do espaço, as paredes, os ângulos, sua altura, as cores, os assoalhos e tudo mais, interessava-me no quarto apenas o que eu mesmo trouxera e tinha colocado, pendurado e arrumado.

A maneira como um rapaz sonhador de doze anos modifica e arranja seu primeiro quarto próprio nada tem a ver com gosto e decoração; os impulsos para esses atos são muito mais profundos do que qualquer gosto. Assim também eu quando, orgulhoso, recebi pela primeira vez aos doze anos um quarto só para mim na ampla casa paterna, não tentei dividir o cômodo grande e alto, nem controlá-lo, embelezá-lo com cores ou torná-lo confortável com o arranjo dos móveis. Não me importei em absoluto com a posição da cama, dos armários e outras coisas, mas, por outro lado, dediquei toda a atenção aos poucos pontos do quarto que para mim não eram meros objetos com funções, mas sim sacrários. O mais importante desses pontos era o meu púlpito de leitura, havia muito eu desejava um e agora tinha conseguido. Nesse púlpito, o mais importante para mim era o espaço vazio debaixo de sua tampa oblíqua, onde montei um arsenal de troféus mais ou menos secretos, de coisas de que ninguém precisa e nem se pode comprar, que não tinham um valor sentimental e, em parte, significados mágicos, para ninguém mais além de mim. Entre eles, o pequeno crânio de animal cuja origem eu desconhecia, além disso folhas de árvore secas, uma pata de coelho, um caco de vidro verde grosso e várias outras coisas que ficavam ocultas na noite de sua caverna embaixo da tampa do púlpito. Ninguém as via nem sabia delas a não ser eu, eram minhas posses e meus segredos e para mim mais valiosas do que qualquer outro bem. Juntamente a essa câmara secreta de tesouros vinha a parte de cima do púlpito, que não se tratava mais de uma zona de intimidade, já trazia algo de decoração, de apresentação e exibicionismo. Ali eu não queria ocultar nem proteger, mas sim mostrar e me vangloriar, era para ser grandioso e belo, havia, além de raminhos de flor e peças de mármore, fotografias e outras pequenas imagens e meu maior desejo era ter ali uma escultura, não importava qual, algo tridimensional, alguma figura ou busto e esse desejo era tão intenso que certa vez roubei um marco e comprei por oitenta centavos um busto minúsculo do imperador Guilherme, de argila queimada, um objeto fabricado em série, sem nenhum valor.

A propósito, esse desejo do menino de doze anos ainda estava presente no rapaz de vinte. Uma das primeiras coisas que comprei com o dinheiro do meu próprio trabalho como aprendiz de livreiro em Tübingen foi uma reprodução branca, em gesso, do busto de Hermes, de Praxíteles. Hoje eu provavelmente não suportaria tê-lo em nenhuma parte da casa, mas naquele tempo eu ainda sentia quase tão intensamente quanto na infância, com meu busto de argila do Kaiser, a magia primitiva de uma escultura, da imitação física, concreta, tátil da natureza. Ou seja, quase não se pode identificar um desenvolvimento relevante do meu senso estético, ainda que o Hermes fosse evidentemente mais nobre do que aquele busto do imperador. Também devo dizer que naquele tempo, durante meus quatro anos em Tübingen, eu ainda era muito indiferente à casa e aos espaços em que morava. Meu quarto de Tübingen, na rua Herrenberger, permaneceu, naqueles quatro anos, igual ao que meus pais tinham alugado quando entrei: um quarto térreo sóbrio e sem graça, numa casa feia e sem graça numa rua desinteressante. Embora eu fosse sensível a muita beleza, não sofri nem um pouco naquela época com essa moradia. Na verdade, não era realmente um "morar", pois eu ficava fora, na livraria, desde de manhã cedo até tarde da noite e, quando chegava em casa, em geral já estava escuro e tudo que queria era estar sozinho, livre, podendo ler e fazer meu próprio trabalho. E naquela época um quarto "bonito" não significava para mim um espaço bonito, mas sim um espaço enfeitado. Não deixei, portanto, que faltasse decoração. Nas paredes estavam pregadas mais de cem ilustrações, parte em grandes fotografias, parte em pequenos recortes de revistas ilustradas ou catálogos de editoras, de homens que eu por algum motivo admirava, e a coleção continuou a crescer naqueles anos. Ainda me lembro bem de ter pagado caro por uma foto do jovem Gerhart Hauptmann, cuja *Hannele* eu acabara de ler, e por duas fotos de Nietzsche; uma delas era a conhecida, com o grande bigode e o olhar um pouco de baixo para cima, a outra era a foto de um quadro a óleo em que aparecia enfermo, com olhar perdido, sentado numa cadeira para enfermos ao ar livre. Muitas vezes eu ficava parado diante dessa imagem. Estavam ali ainda o Hermes e a maior reprodução de um retrato de Chopin que eu tinha conseguido. Além disso, metade de uma parede do quarto, sobre o sofá, estava decorada num estilo estudantil, com uma série de cachimbos pendurados em ordem simétrica. Também nesse quarto eu tinha um púlpito e em seu espaço oco e escuro ainda havia magia, segredo e tesouros, um refúgio da sobriedade do mundo exterior num reino mágico. Só que não eram mais crânio, pata de coelho, cascas de castanhas e pedaços de vidro, mas sim meus poemas, fantasias e ensaios em cadernos e muitos papéis soltos.

De Tübingen fui, no outono de 1899, com vinte e dois anos, para Basileia e só lá travei um contato sério, ativo com as artes plásticas. Enquanto, durante meu período em Tübingen, na medida em que me pertencia, meu tempo era dedicado exclusivamente a conquistas literárias e intelectuais, especialmente à leitura embriagada ou obsessiva de Goethe e depois de Nietzsche, em Basileia meu olhar se abriu, me tornei um observador atento e logo conhecedor de arquiteturas e obras de arte. O pequeno círculo de pessoas em Basileia, que me recebeu naquela época e contribuiu para a minha formação, estava completamente influenciado por Jacob Burckhardt, que falecera havia pouco tempo e viria a assumir, paulatinamente, na segunda metade de minha vida, a posição que antes pertencera a Nietzsche. Foi durante meus anos em Basileia que tentei pela primeira vez morar de forma digna e com bom gosto. Para tanto aluguei uma casa no estilo tradicional da cidade, um quarto bonito e original com uma velha lareira de ladrilhos, um quarto com passado. Mas não dei muita sorte com esse quarto, que era lindo, mas nunca ficava aquecido, embora a velha lareira consumisse grandes quantidades de lenha. E pela ruazinha, aparentemente tão sossegada, passavam debaixo das janelas a partir da três da madrugada, sobre o calçamento de pedra, carroças com leite e mercadorias vindas do portão de St. Alban com um barulho infernal e me roubavam o sono. Vencido pelo cansaço, após algum tempo deixei o belo quarto para ir morar num subúrbio moderno.

E só então começa o período da minha vida em que não morei mais em quartos ao acaso e sempre diferentes, mas em casas, e no qual essas casas se tornaram caras e importantes para mim. Nos anos entre meu primeiro casamento em 1904 e meu ingresso na Casa Bodmer em 1931, morei em quatro casas diferentes, uma delas construída por mim mesmo. Penso hoje em todas elas. Hoje eu não moraria mais em uma casa feia ou apenas indiferente; tinha visto muita arte antiga, estivera duas vezes na Itália e, de forma geral, minha vida mudara e se enriquecera: com a despedida de minhas profissões anteriores, decidi me casar e decidi ao mesmo tempo morar futuramente inteiramente no campo no futuro. Minha primeira mulher, Mia, participou totalmente dessas decisões e da escolha dos lugares e das casas em que moraríamos no futuro. Embora decidida a uma vida simples, natural, saudável e com o mínimo de desejos possível, ela valorizava bastante morar com beleza, ainda que de forma simples, isto é, com uma paisagem, com vista bonita, em belas casas com caráter, dignas e não indiferentes. Seu ideal era uma casa de campo em parte camponesa, em parte nobre, espaçosa, com telhado coberto de musgo, debaixo de árvores antiquíssimas, se possível com o barulhinho da água de uma fonte em frente ao portão. Eu mesmo tinha ideias e desejos bem parecidos, e também nessas coisas estava sob a influência de Mia. Assim, já sabíamos mais ou menos o que procurávamos. Primeiro procuramos perto de Basileia, perto de cidadezinhas bonitas, depois, por ocasião da minha primeira visita a Emil Strauss em Emmishofen, a região do lago de Constança também passou a fazer parte do nosso horizonte. E por fim, enquanto eu escrevia *Unterm Rad* [Debaixo das rodas] em casa, em Calw, com meu pai e minhas irmãs, ela descobriu o vilarejo Gaiehofen na região de Untersee, a parte inferior do lago, e, nesse vilarejo, uma casa de camponeses vazia, numa pracinha sossegada diante da capela da aldeia. Eu concordei e alugamos a casa de camponeses por cento e cinquenta marcos ao ano, o que mesmo para nós na época pareceu bem em conta. Em setembro de 1904 começamos a nos instalar lá, no começo com decepções e dificuldades, esperando longo tempo pelos móveis e camas que deveriam vir de Basileia. Dia após dia aguardávamos a balsa matutina que vinha de Schaffhausen. Depois as coisas andaram e nosso entusiasmo cresceu. Pintamos de vermelho-escuro as vigas de madeira expostas nos quartos do andar de cima; os dois quartos no andar inferior, os mais bonitos da casa, tinham um revestimento antigo de madeira de pinheiro sem pintura e, ao lado do fogão maciço, havia uma espécie de "obra de arte": um pedaço da parede, acima de um banco rústico, revestido de velhos ladrilhos verdes que eram aquecidos pelo fogo da cozinha. Era o lugar predileto do nosso primeiro gato, Gattamelata. Essa foi, portanto, minha primeira casa. Na verdade, tínhamos alugado só metade da casa, a outra metade era constituída por um celeiro e um curral, que o proprietário mantivera para seu uso. A parte habitável da casa em estilo enxaimel consistia em uma cozinha no andar inferior e dois aposentos, sendo o maior deles, com a grande lareira ladrilhada, nossa sala de estar e de jantar. Havia bancos rústicos de madeira ao longo da metade da parede, era quente e aconchegante entre essas paredes de madeira. O quarto menor ao lado pertencia a minha mulher, lá ficavam o piano e a escrivaninha dela. Uma escada primitiva, de tábuas, levava ao andar superior. Lá ficava, correspondendo à sala embaixo, um quarto grande com duas janelas diagonais das quais se viam, atrás da capela, pedaços da paisagem do lago. Era meu escritório, onde ficava a grande escrivaninha que eu mandara construir — única peça daqueles tempos que ainda possuo —, mais uma vez um púlpito e todas as paredes cheias de livros. Ao entrar era preciso tomar cuidado com a soleira de madeira; quem se esquecia, batia com a cabeça na porta baixa — o que aconteceu com muitos. O jovem Stefan Zweig quando nos visitou precisou se deitar por um quarto de hora para se recuperar antes de conseguir falar, pois tinha entrado muito depressa e entusiasticamente, antes que eu pudesse preveni-lo do umbral. Nesse andar, ao lado, havia ainda dois quartos de dormir e acima um grande sótão. Essa casa não tinha jardim, só um pequeno gramado com duas ou três arvorezinhas de fruta. Além disso, fiz um canteiro ao longo da casa e plantei arbustos de groselhas e algumas flores.

Morei três anos nessa casa. Nesse tempo nasceu meu primeiro filho e escrevi muitos poemas e contos. No livro *Bilderbuch* [Álbum de imagens] e em outros há algumas descrições da nossa vida nessa época. Uma coisa que nenhuma outra casa poderia me dar torna essa casa rural para mim querida e única: ela foi a primeira! Primeiro refúgio do meu jovem casamento, primeiro legítimo escritório da minha profissão. Nela tive pela primeira vez a sensação de me fixar num lugar e por isso mesmo às vezes também a sensação de aprisionamento em limites e ordens. Nela pela primeira vez acreditei no bonito sonho de poder construir, num lugar de minha própria escolha, algo como um lar. E tudo isso se deu com recursos escassos e primitivos. Eu mesmo bati prego após prego naqueles cômodos, e não eram pregos comprados, mas sim tirados das caixas de nossa mudança, que eu endireitara um a um na pedra da entrada de casa. Fechei os vãos no andar de cima com reboco e papel, pintei por cima com tinta vermelha. Pelejei com o solo ruim, sombra e aridez para ter algumas flores. A arrumação dessa casa se deu com o belo entusiasmo da juventude, com um sentimento de responsabilidade pelas nossas próprias ações e de que seria para a vida inteira. Além disso, nessa casa tentamos levar uma vida rural, simples e correta, natural, avessa ao urbano, avessa à moda. Os pensamentos e ideais que nos impeliam eram aparentados tanto com os de Ruskin e Morris quanto com os de Tolstói. Em parte deram certo, em parte fracassaram, mas tínhamos levado tudo a sério e feito tudo com lealdade e entrega...

Nos despedimos lentamente e com leveza da nossa casa rural, pois decidimos construir nós mesmos nossa casa. Surgiram vários diferentes motivos para tanto. Primeiro, nossas condições externas eram favoráveis e com a vida simples e econômica que levávamos, a cada ano economizávamos algum dinheiro. Depois, havia muito tínhamos saudade de um jardim de verdade e de um lugar mais elevado e livre, com vista mais ampla. Minha mulher também tinha estado várias vezes doente e agora tínhamos um filho. Artigos de relativo luxo, como uma banheira e água aquecida para o banho, não pareciam mais tão dispensáveis como três anos antes. Assim, pensamos e falamos que se nossos filhos iriam crescer no campo, era mais bonito e mais correto que o fizessem num terreno e casa próprios, à sombra de suas próprias árvores. Não sei mais como fundamentamos a ideia para nós mesmos, me lembro apenas de que falávamos bem a sério. Talvez não houvesse nada mais por trás disso além de um senso burguês de lar, embora ele nunca tivesse sido muito forte em nós dois — mas por fim estávamos contaminados pela pujança dos primeiros anos de sucesso; ou havia ali também o fantasma de um ideal de vida camponesa? Eu nunca havia me sentido seguro em relação a meus ideais rurais, nem mesmo naquele tempo. Contudo, vindos de Tolstói e de Jeremias Gotthelf e alimentados por um movimento bastante forte naquela época, de fuga da cidade em prol da vida rural com um propósito moral e artístico, ora esses artigos de crença, bonitos, embora não muito claros, viviam em nossas cabeças, como expressos em *Peter Camenzind*. Não sei mais direito o que entendia então pela palavra "camponês". Hoje, porém, acredito não ter nenhuma certeza mais concreta do que a de ser o exato oposto de um camponês (segundo o tipo inato), de ser muito antes um nômade, um caçador, um inquieto e solitário. Naquele tempo, porém, provavelmente eu não pensava muito diferente, mas em lugar da oposição "camponês versus nômade", eu observava uma outra, que formulei como "morador do campo versus morador da cidade". Por vida rural eu entendia não apenas estar distante da cidade, mas sobretudo perto da natureza, com a segurança que caracteriza uma vida que é gerida não por fórmulas racionais, mas por instintos. O fato de que meu ideal camponês era apenas uma proposição racional não me incomodava nesse caso. Nossas inclinações possuem sempre um talento incrível para se mascarar de visões do mundo. O erro da minha vida em Gaienhof não foi ter ideias erradas sobre a vida no campo e outras coisas, mas sim que eu em parte queria e ambicionava com minha consciência algo bem diferente daquilo que queriam meus impulsos naturais. Até que ponto deixei que ideias e desejos de minha esposa Mia me dominassem, não sei dizer, mas, como só entendi em retrospecto, sua influência sobre mim naqueles primeiros anos foi muito mais forte do que eu teria admitido.

Em suma, tínhamos decidido comprar uma propriedade e construir. Um arquiteto amigo meu, de Basileia, Hindermann, estava disponível. Meus sogros deram a maior parte do valor da construção como empréstimo. Terrenos podiam-se comprar por toda parte por um bom preço, acho que o metro quadrado custava algo como dois ou três centavos. Assim, em nosso quarto ano no lago de Constança compramos um terreno e construímos uma bela casa nele. Escolhemos um local longe do vilarejo, com vista ampla para o lago inferior. Via-se a margem suíça, Reichenau, a torre do mosteiro de Constança e, ao fundo, montanhas distantes. A casa era maior e mais confortável do que a anterior, havia espaço para crianças, empregada, hóspede; construímos armários e baús e não precisávamos mais trazer água do poço como até então, havia água encanada na casa. Embaixo do assoalho havia um porão para as frutas e a adega, um quarto escuro para as fotografias de minha mulher e mais outras coisas bonitas e agradáveis. Depois de nos instalarmos também houve decepções e preocupações. A fossa entupia com frequência, a água usada ficava empoçada na pia, ameaçando transbordar, enquanto eu, deitado no chão com o construtor que tínhamos contratado, vasculhava os canos de esgoto novamente expostos com varas e arames. Mas tudo acabou dando certo e nos dando alegrias. E, ainda que nossa vida cotidiana continuasse a ser tão simples como antes, havia uma porção de pequenos luxos com os quais eu jamais teria sonhado. No meu escritório havia uma biblioteca e um grande armário de pastas. Quadros pendurados em todas as paredes, agora tínhamos vários amigos artistas, compramos algumas pinturas e ganhamos várias de presente. Nos aposentos de Max Bucherer, que se mudara, moravam agora no verão dois pintores de Munique, Blümel e Renner, de quem gostávamos e com quem até hoje tenho amizade...

Quase mais importante do que a casa tornou-se para mim o jardim. Eu nunca tivera um jardim próprio e, por conta de minhas origens rurais, deu-se como que naturalmente que eu próprio deveria prepará-lo, semeá-lo e mantê-lo, o que fiz por muitos anos. Construí no jardim um galpão para a lenha e as ferramentas de jardinagem. Alinhei as hortas e canteiros com a ajuda de um filho de camponeses, plantei árvores, castanheiras, uma tília, uma catalpa, uma sebe de faias e uma porção de arbustos de frutinhas silvestres e belas árvores de frutas. Os arbustos de frutinhas no inverno eram comidos e destruídos por lebres e veados, todo o resto cresceu muito bem. Naquele tempo tínhamos morangos, groselhas, repolho, ervilhas e salada em abundância. Ao lado plantei um canteiro de dálias e uma longa alameda onde cresciam dos dois lados do caminho centenas de girassóis de um tamanho impressionante e, a seus pés, milhares de capuchinhos em todas as tonalidades de vermelho e amarelo. Pelo menos durante dez anos, em Gaienhofen e em Berna, plantei sozinho minhas verduras e flores, adubei e reguei meus canteiros, arranquei ervas daninhas, serrei e parti eu mesmo a grande quantidade de lenha que usávamos. Era bom e instrutivo, mas ao final tornou-se uma escravidão. Brincar de camponês era bonito enquanto era uma brincadeira, mas quando se tornou hábito e dever, o prazer naquilo acabou. Segundo as pouquíssimas informações que tenho, Hugo Ball refletiu bem o sentido do nosso desvio em Gaienhof em seu livro, embora tenha sido um pouco frio e pouco justo com o amigo Finckh. Havia ali mais calor humano e mais inocência do que ele deixa entrever. Minha lembrança da segunda casa em Gaienhof me mostra com vergonhosa nitidez o quanto nossa alma retoca, falseia ou até corrige a imagem do mundo e o quanto as imagens da memória de nossa vida são influenciadas por nosso interior. Ainda tenho uma imagem totalmente precisa do jardim dessa casa e dentro da própria casa vejo ainda com todos os detalhes meu gabinete e sua ampla sacada, sei o lugar de cada livro nas prateleiras. A imagem que tenho dos outros aposentos hoje, entretanto, vinte anos após deixar a casa, já se tornou bastante turva. Estávamos enfim instalados e fixados para toda a vida. Diante da casa erguia-se pacífica a única árvore de grande porte do nosso terreno, uma pereira velha e poderosa, debaixo da qual eu tinha construído um banco de tábuas. Eu cultivava laboriosamente meu jardim, plantava e o enfeitava, e em pouco meu filhinho mais velho me seguia brincando com sua pazinha de brinquedo. Mas a eternidade para a qual tínhamos nos preparado não durou muito. Esgotei Gaienhof, lá não havia mais vida para mim. Comecei a viajar frequentemente por períodos curtos, o mundo lá fora era tão vasto... Por fim, em 1911 viajei para a Índia. A desfaçatez dos psicólogos atuais os faz chamar isso de "fuga" — e de fato o era, dentre outras coisas. Era também, contudo, uma tentativa de ganhar distanciamento e visão. No verão de 1911 fui para a Índia e voltei no fim do ano, mas isso não me bastava. Com o tempo apareciam, entre os motivos internos silenciados de nossa insatisfação, os externos, mais fáceis de se discutir entre marido e mulher: um segundo e um terceiro filhos nasceram, o mais velho tinha de frequentar a escola, minha mulher às vezes sentia falta da Suíça, de estar perto de uma cidade, de amigos e de música, de modo que aos poucos passamos a cogitar a possibilidade de colocar nossa casa à venda e de considerar Gaienhofen como uma fase em nossa vida. Em 1912 essas ideias amadureceram, encontramos um comprador para a casa.

O lugar para onde queríamos nos mudar depois de oito anos de Gaienhofen era Berna. Não queríamos morar na cidade em si, seria como trair nossos ideais, mas queríamos procurar uma casinha de campo sossegada perto de Berna, talvez parecida com a maravilhosa velha propriedade rural que meu amigo Albert Welti, pintor, habitava havia alguns anos. Eu o visitara várias vezes em Berna e sua casa nos arredores da cidade, com um pequeno sítio levemente decadente, tinha me agradado muito. E se minha mulher tinha, por lembranças da sua juventude, grande amor por Berna, pelo estilo de vida da cidade e antigas propriedades, para mim foi o fato de ter lá um amigo como Welti que contribuiu para minha decisão pela cidade.

Mas, quando chegou a hora e realmente nos mudamos do lago de Constança para Berna, tudo já parecia bem diferente. Alguns meses antes da nossa mudança, meu amigo Welti e sua esposa faleceram, um logo após o outro. Eu tinha estado em seu enterro e, já que estávamos por nos mudar para a cidade, parecia que o melhor seria assumir a casa de Welti. Resistimos internamente a essa sucessão, nos parecia mórbido demais, procuramos outras residências perto de Berna, mas nada nos agradava. A casa de Welti não era propriedade deles, pertencia a uma família influente da cidade. Pudemos assumir o aluguel dele, ficamos com alguns utensílios domésticos e a cachorra Züsi, que também ficou conosco. A casa em Melchenbühlweg, perto de Berna, acima do Castelo Wittigkofen, ora constituía, na verdade, a concretização de nossa antiga concepção, que se fortaleceu cada vez mais desde nossos tempos em Basileia, de uma casa ideal para pessoas do nosso feitio. Era uma casa de campo no estilo de Berna, com torreões redondos, típicos da região, que, por conta de sua irregularidade, davam à casa um toque de incremento. Como se tivesse sido escolhida para nós, a casa unificava da maneira mais agradável possível, numa mescla para nós única, elementos rurais e nobres, em parte primitiva, em parte nobre, uma casa do século XVII, com anexos e construções dos tempos do *empire* francês, em meio a veneráveis árvores antiquíssimas, sombreada inteiramente por um imenso olmo, uma casa cheia de recantos mágicos e oníricos, às vezes confortáveis, às vezes meio fantasmagóricos. A ela pertencia um grande terreno rural, com uma casa alugada a um inquilino, de quem recebíamos o leite para consumo próprio e estrume para adubar o jardim. Faziam parte do nosso jardim, dividido em dois terraços posicionados numa descida ao sul da casa, com duas escadas de pedra rigorosamente simétricas, belas árvores frutíferas e, a duzentos passos da casa, havia ainda um *Boskett*, um bosquezinho de uma dúzia de árvores anciãs, entre elas faias magníficas, posicionado numa pequena colina que dominava a região. Atrás da casa murmurava uma linda fonte de pedra, a grande varanda para o sul estava rodeada por uma imensa glicínia. De lá podia-se avistar, sobre a vizinhança e muitas colinas de floresta, as montanhas, cuja cadeia se via inteira desde o território de Thuner Vorberg até Wetterhorn, com as grandes montanhas do grupo Jungfrau no centro. Casa e jardim são descritos com bastante verossimilhança no meu fragmento de romance *Das Haus der Träume* [A casa dos sonhos] e o título dessa obra inacabada é uma lembrança a meu amigo Albert Welti, que certa vez chamara assim um de seus quadros mais originais. Dentro dessa casa havia várias coisas interessantes e admiráveis: antigos fornos de azulejos bonitos, móveis e ornamentos, elegantes pêndulos franceses sob redomas de vidro, antigos espelhos altos, com vidro esverdeado, em cujo reflexo se ficava parecendo uma foto de antepassados, uma lareira de mármore em que todas as noites de outono eu acendia o fogo.

Em suma, seria difícil imaginar como tudo poderia ser melhor — e mesmo assim desde o começo tudo já estava sombrio e infeliz. O fato de essa nossa nova existência ter começado com a morte do casal Welti era como um presságio. Mesmo assim no começo desfrutamos das vantagens da casa, da vista incomparável, do pôr do sol sobre o Jura, das frutas gostosas, da velha cidade de Berna em que tínhamos alguns amigos e podíamos ouvir boa música, só que tudo parecia um pouco resignado e amortecido. Só muitos anos depois minha mulher um dia me revelou que desde o início sentira muitas vezes naquela casa antiga, pela qual ela parecia estar encantada, medo e angústia, algo como um pavor de uma morte súbita e de fantasmas. Pouco a pouco aproximou-se a pressão que mudou — e em parte aniquilou — toda a minha vida até esse momento. Menos de dois anos depois de nossa mudança veio a Guerra Mundial, para mim a destruição de minha liberdade e independência, veio a grande crise moral da guerra que me forçou a refundamentar todo o meu pensamento e trabalho, veio a grave enfermidade de nosso terceiro filho, que durou anos, vieram os primeiros sinais de transtornos de humor da minha mulher. E ao passo que fiquei juridicamente comprometido pela guerra e cada vez mais desesperado do ponto de vista moral, lentamente foi se esfacelando tudo o que até ali representara minha felicidade. Por volta do final da guerra eu me encontrava na casa afastada, sem luz elétrica, muitas vezes no escuro por falta de querosene, aos poucos nosso dinheiro se dissipava e por fim, depois de tempos difíceis e longos, a enfermidade de minha mulher irrompeu e ela passou longos períodos internada em clínicas terapêuticas. Já quase não era possível manter a casa de Berna, ora descuidada e grande demais, tive de deixar meus filhos em um pensionato, passei longos meses com minha fiel empregada completamente sozinho na casa deserta e teria fugido se meu trabalho militar me permitisse.

Quando, na primavera de 1919, finalmente também esse trabalho acabou e eu fiquei novamente livre, deixei a casa encantada em Berna, em que havia então morado quase sete anos. A despedida de Berna não foi difícil, devo dizer. Tinha se tornado claro que havia para mim apenas uma possibilidade moral de vida: dar preferência ao meu trabalho literário em detrimento de tudo mais, viver apenas nele e não dar importância nem ao colapso da família nem ao grave arrocho financeiro ou outros problemas. Se eu não conseguisse, estaria perdido. Viajei para Lugano, passei algumas semanas em Sorengo, procurei e encontrei em Montagnola a Casa Camuzzi, para onde me mudei em maio de 1919. De Berna mandei buscar apenas minha escrivaninha e meus livros, de resto usava móveis alugados. Nessa última de minhas casas morei por doze anos, nos primeiros quatro deles o ano inteiro, depois apenas nas estações mais quentes.

Essa linda e mágica casa, da qual agora me despeço, significou muito para mim e foi em muitos aspectos a mais original e bonita de todas as que possuí ou habitei. É verdade que nela eu não possuía nada, não habitava a casa inteira, mas apenas um pequeno apartamento de quatro cômodos como inquilino, não era mais um proprietário, um pai de família com casa, filhos e criados que chama seu cão e cuida do jardim; eu era apenas um mísero literato falido, um estranho malvestido e um pouco suspeito, que vivia de leite, arroz e macarrão, usava seus ternos até ficarem esfarrapados e que no outono trazia da floresta seu jantar sob a forma de castanhas. Mas o experimento deu certo e, apesar de todas as dificuldades desses anos, eles foram bonitos e fecundos. Como quem desperta de um pesadelo, um pesadelo de muitos anos, eu respirava a liberdade, o sol, a solidão, o trabalho. Já naquele primeiro verão escrevi em sequência *Klein und Wagner* [Klein e Wagner] e *O último verão de Klingsor* e me relaxei assim interiormente de tal forma que no verão seguinte pude começar *Sidarta*. Eu não havia sucumbido, tinha resistido uma vez, ainda era capaz de trabalhar, de me concentrar; os anos de guerra não tinham me aleijado intelectualmente como eu temia. Eu não teria sobrevivido materialmente nem conseguido trabalhar sem os muitos amigos que sempre me apoiaram fielmente. Sem o apoio do amigo em Winterthur e dos queridos siameses não teria sido possível, e Cuno Amiet me prestou um favor de amizade especialmente grande ao receber meu filho Bruno em sua casa.

Assim vivi os últimos doze anos na Casa Camuzzi. O jardim e a casa aparecem no *Klingsor* e em outros textos meus. Muitas dúzias de vezes pintei e desenhei a casa, seguindo suas formas emaranhadas e temperamentais; nos dois últimos verões, como despedida, desenhei mais uma vez todas as vistas, da varanda, das janelas, do terraço, e muitas das maravilhosas áreas e muros do jardim. Meu Palazzo, imitação de um castelo de caça barroco, nascido do capricho de um arquiteto de Tessin havia setenta e cinco anos, teve uma série de inquilinos além de mim, mas nenhum ficou tanto tempo quanto eu. E acredito que nenhum deles o amou (e o ridicularizou) tanto, nem permitiu que ele se tornasse seu lar do coração. Fruto de um impulso arquitetônico incomumente luxurioso e inspirado, com a superação apaixonada de enormes dificuldades no terreno, esse palacete parcialmente solene e parcialmente espirituoso apresenta perspectivas bem diferentes. O portal da casa nos leva, de modo pomposo e teatral, por uma escada principesca ao jardim, que se perde em muitos terraços com escadas, declives e muros, até uma ravina, na qual há enormes exemplares magníficos de todas as árvores sulinas, entrelaçadas, cobertas de glicínias e clematites. Vista do vilarejo, a casa fica quase que completamente encoberta. Do vale abaixo, com seus torreões em forma de degraus e pequenas torres espreitando por cima de copas tranquilas, ela parece um castelo interiorano de alguma novela de Eichendorff.

Muita coisa mudou também ali nesses doze anos, não apenas na minha vida como na casa e no jardim. A magnífica e antiga árvore de Judas lá embaixo, no jardim, a maior que eu já havia visto, que ano após ano desde o começo de maio até o fim de junho florescia tão opulenta e que no outono e no inverno parecia tão exótica, com suas vagens violeta-avermelhadas, certa noite de outono foi vítima de uma tempestade. A grande magnólia de verão de Klingsor, bem próxima da minha sacadinha, cujas imensas flores brancas fantasmagóricas quase entravam no meu quarto, foi cortada durante uma de minhas ausências. Certa vez voltei de Zurique na primavera depois de um longo período fora e minha boa e velha porta de casa desaparecera, o espaço na parede fora fechado. Fiquei ali parado como que hipnotizado, como num sonho sem encontrar mais por onde entrar; tinham feito algumas mudanças sem me avisar. Mas não perdi o amor pela casa em função de nenhuma dessas transformações, era mais minha do que qualquer outra antigamente, pois ali eu não era nem marido nem pai de família, ali estava em casa sozinho, ali tinha sobrevivido em duros anos cheios de medo depois do grande naufrágio, numa posição que muitas vezes me parecera totalmente perdida, ali eu saboreara muitos anos de profunda solidão e sofrera por causa dela, tinha criado muitos textos e quadros, consoladoras bolhas de sabão, e estava tão ligado a tudo aquilo como desde a juventude não tinha estado com nenhum outro lugar. Em agradecimento, pintei essa casa várias vezes e cantei-a em versos, tentando de vários modos retribuir o que ela me dera e o que significava para mim.

Se eu tivesse permanecido na minha solidão, sem encontrar de novo uma parceira de vida, jamais teria deixado a Casa Camuzzi, embora em muitos sentidos para um homem que envelhecia e era enfermiço ela fosse desconfortável. Nessa casa de contos de fadas passei um frio terrível, além de várias outras dificuldades. Por isso, nos últimos anos comecei vez ou outra a pensar, nunca muito a sério, em quiçá me mudar mais uma vez, comprar uma casa, alugar ou até construir, onde tivesse um abrigo mais confortável e saudável para a velhice. Eram desejos e ideias, nada mais.

Então aconteceu o belo conto de fadas: estávamos no Arch em Zurique, numa tarde de primavera de 1930, conversando, e a conversa chegou a casas e construções. Comentei sobre meus eventuais desejos de ter uma casa. De repente meu amigo B riu e me disse:

— Você há de ter essa casa!

Achei que fosse mais uma brincadeira, uma bonita brincadeira ao cair da noite, bebendo vinho. Mas a brincadeira ficou séria e a casa com a qual outrora sonhávamos brincando agora existe, incrivelmente grande e bela, e estará ao meu dispor para a vida toda. Mais uma vez começo a me instalar e mais uma vez é "para a vida toda" — e dessa vez deve ser verdade.

Escreverei sua história mais tarde, ela acaba de começar. Hoje é a vez de outros acontecimentos. Queremos brindar com nossas taças e olhar nos olhos dos bons amigos solícitos e lhes agradecer. Vamos esvaziar os copos em homenagem a eles e à nova casa.

Verão tardio

O VERÃO TARDIO AINDA NOS concede dia
Após dias de doce calor. Sobre umbelas
Floridas em dourado veludo paira e irradia
Uma borboleta o cansaço de asas tão belas.

O hálito orvalhado matutino e vespertino
É névoa fina em sua forma, ainda morna.
Nesse azul suave voa em amarelo repentino
Uma enorme folha de um pé de amora.

Um lagarto repousa no degrau ensolarado.
Na sombra de folhas de videira, uvas por detrás.
O mundo inteiro dorme e sonha, encantado,
E adverte para não perturbarmos sua paz.

E assim, na cadência de muitos compassos,
Música se estende num eterno dourado,
Até despertar, desencantar, romper os laços,
Em ímpeto de ação ao presente retornado.

Quem colhe somos nós, os já maduros, na espaldeira
Sob o sol que aquece a mão pelo verão já bronzeada.
Ri ainda o dia, sua hora fria ainda não é chegada.
O hoje e aqui nos mimam ainda, de forma lisonjeira.

TODO O SABER E TODA a multiplicação do nosso saber não terminam com um ponto final, mas com pontos de interrogação. Um acréscimo de saber significa um acréscimo de questões que, por sua vez, são substituídas por novos questionamentos.

FOI-SE A JUVENTUDE.
A saúde igualmente.
É a reflexão que amiúde
Agora toma a frente.

SOFREMOS DOR E DOENÇA, PERDEMOS amigos para a morte, que não apenas bateu a nossa porta, mas entranhou-se em nós e se desenvolveu. A vida, outrora tão trivial, tornou-se um bem precioso, sempre ameaçado, cuja posse, antes óbvia, se transformou num empréstimo de baixa confiabilidade.

Mas o empréstimo a prazo indefinido não perdeu de forma alguma seu valor, que, com os riscos, só fez aumentar ainda mais. Amamos a vida como sempre, queremos ser fiéis a ela, dentre outros, por causa do amor e da amizade que, como um vinho de boa origem, com os anos não perde, mas antes aumenta seu valor.

NÃO SABEMOS QUE NOSSO DESTINO nos é inato e inseparável? E mesmo assim não nos prendemos com toda a força e ardor à ilusão de uma escolha, de um livre-arbítrio? Não será que cada um de nós, ao escolher um médico para se tratar, ao escolher uma profissão e uma moradia, ao escolher amantes e cônjuges, poderia deixar tudo isso — talvez com melhor resultado — nas mãos do mais puro acaso? E não escolhemos mesmo assim, investimos mesmo assim quantidades enormes de paixão, esforço e preocupação em todas essas coisas? Talvez seja ingenuidade, teimosia infantil, crença num poder próprio, convicção de que o destino pode ser influenciado; ou talvez seja apenas ceticismo, profunda convicção da inocuidade de nossos esforços, mas igualmente uma convicção de que agir e buscar, escolher e torturar-se são feitos mais bonitos, mais vivazes, mais suportáveis ou pelo menos mais divertidos do que ficar paralisado numa passividade resignada.

Nunca baixe em ócio as tuas mãos
Nem deixe pela metade teu caminho.
Terá de ter descido ao porão
Aquele que quiser beber seu vinho.

Natal com duas histórias infantis

Antes de ir para a cama, acendi de novo a luz, lancei mais uma vez um olhar à minha mesa de presentes e, como crianças que na noite de Natal levam alguns de seus presentes para o quarto ou até mesmo para a cama, também levei algo comigo para ter ainda por perto e contemplar antes de dormir. Eram presentes de meus netos: de Sibylle, a mais nova, um paninho de limpeza; de Simeli, um pequeno desenho, uma casa de campo com um céu estrelado por cima; de Christine, duas ilustrações coloridas para meu conto do lobo; de Eva, uma pintura forte e intensa, e de seu irmão de dez anos, Silver, uma carta escrita na máquina de seu pai. Levei os objetos até meu ateliê, onde reli a carta de Silver, então a deixei ali e, lutando contra um grande cansaço, subi as escadas até meu quarto de dormir. Porém, por muito tempo não consegui pegar no sono, as vivências e imagens da noite me mantinham desperto e as sequências incontroláveis de pensamentos terminavam sempre com a carta de meu neto, que dizia:

Querido *Nonno*! Quero agora te escrever uma pequena história. Ela se chama: para o bom Deus.

Paul era um menino devoto. Ele ouvira bastante sobre o bom Deus na escola. Ele queria agora lhe dar um presente. Paul olhou todos os seus brinquedos, mas não gostou de nenhum. Então chegou o aniversário de Paul. Ele ganhou muitos presentes, entre eles um tostão. Então ele exclamou: Esse vou dar para o bom Deus. Paul disse: Vou até o campo, onde conheço um lugar bem bonito, lá o bom Deus vai ver a moeda e virá pegá-la. Paul foi até o campo. Quando estava no campo, ele viu uma mãezinha que precisava se apoiar numa bengala. Ele ficou triste e deu o tostão para ela. Paul disse: Na verdade, esse tostão era para o bom Deus. Um abraço de Silver Hesse.

Naquela noite não consegui evocar a lembrança que o conto de meu neto me trazia. Só no dia seguinte ela própria se impôs. Recordei-me que na minha infância, na mesma idade de meu neto agora, portanto dez anos, eu também escrevera uma história para dar de presente de aniversário à minha irmã mais nova. Com exceção de alguns versos infantis, é o único texto, o único experimento literário de minha infância que foi preservado. Eu mesmo o perdi de vista por décadas, mas há alguns anos, não sei mais em qual contexto, esse experimento infantil retornou a mim provavelmente pelas mãos de uma de minhas irmãs. E, embora eu só conseguisse me lembrar muito vagamente dele, havia alguma semelhança ou parentesco com a história que meu neto escrevera para mim mais de sessenta anos depois. Contudo, mesmo tendo certeza de que minha história infantil estava comigo, como poderia encontrá-la? Por toda parte havia gavetas entupidas, pastas amarradas, pilhas de cartas com inscrições que já não eram atuais ou estavam ilegíveis, por toda parte papel impresso ou escrito de anos e décadas atrás, guardados porque eu não tinha conseguido me decidir a jogá-los fora, guardados por pena, por consciência, por culpa, por falta de iniciativa ou indecisão, por superestimar o escrito que poderia um dia se tornar "material precioso" para algum novo trabalho, tudo guardado e enterrado como velhas damas guardam baús e sótãos cheios de estojos e caixinhas com cartas, flores secas, cachinhos de cabelo de criança. Uma infinidade de coisas se acumula na casa de um literato que raramente trocou de moradia e já tem mais idade, mesmo que durante todo o ano se queimem quilos de papel.

Mas eu agora queria muito rever aquele conto, nem que fosse só para comparar com o do meu colega da mesma idade, Silver, ou talvez copiá-lo e enviar a ele como retribuição pelo presente. Fiquei atormentado e atormentei, assim, minha mulher por um dia inteiro, até que finalmente encontrei o objeto no lugar mais improvável. A história foi escrita no ano de 1887 em Calw e se chamava:

Os dois irmãos

Era uma vez um pai que tinha dois filhos. Um era bonito e forte, o outro pequeno e aleijado, por isso o mais velho desprezava o mais novo. O mais novo não gostava nada disso e decidiu partir para percorrer o vasto, vasto mundo. Quando tinha andado um trecho, encontrou um carroceiro e, quando perguntou para onde estava indo, o carroceiro respondeu que precisava levar os tesouros dos anões para uma montanha de vidro. O pequeno perguntou qual seria o pagamento pelo frete. A resposta foi que seriam alguns diamantes. Aí o menino também quis visitar os anões. Por isso perguntou ao carroceiro se acreditava que os anões o acolheriam. O carroceiro disse que não sabia, mas levou o pequeno consigo. Finalmente chegaram à montanha de vidro e o vigia dos anões pagou generosamente o carroceiro pelo seu esforço e o despachou. Então notou o menino e perguntou o que ele queria. O pequeno lhe contou tudo. O anão disse que fosse atrás dele. Os anões o acolheram com gosto, e ele teve uma vida maravilhosa.

Agora vamos ver o outro irmão. Por muito tempo, sua vida foi muito boa em casa. Mas quando cresceu foi recrutado pelo Exército e teve de ir para a guerra. Foi ferido no braço direito e teve de pedir esmolas. Assim, o coitado um dia chegou à montanha de vidro e viu um aleijado ali parado, mas não sabia que era seu irmão. Este porém logo o reconheceu e perguntou o que queria.

— Ah, meu senhor, qualquer casca de pão já me alegraria, com a fome que tenho.

— Venha comigo — disse o pequeno e entrou numa caverna cujas paredes refulgiam de diamantes. — Pode pegar um punhado deles, se conseguir tirar as pedras sem ajuda — disse o aleijado.

O mendigo tentou tirar alguns diamantes com a mão sã, mas naturalmente não conseguiu. Então o pequeno disse:

— Se você talvez tiver um irmão, vou permitir que ele te ajude.

O mendigo começou a chorar e disse:

— Eu tive, sim, um irmão, pequeno e aleijado como o senhor, mas tão bondoso e amável que certamente me ajudaria, mas eu o afastei de mim com frieza e há muito não sei dele.

Então o pequeno disse:

— Sou eu seu irmãozinho, não vou deixar que você passe necessidade, fique comigo.

O fato de haver alguma semelhança ou parentesco entre meu conto e o de meu neto e colega não deve ser engano do avô. Qualquer psicólogo mediano interpretaria assim as duas tentativas infantis: cada um dos dois autores pode, obviamente, ser identificado com o herói da sua história, e com eles, com o devoto menino Paul e o pequeno aleijado, cumpria-se através dos contos uma dupla realização de um desejo, ou seja, primeiramente o desejo de ganhar um grande presente, fosse um brinquedo ou um tostão ou uma montanha de pedras preciosas e uma vida segura com anões, ou seja, com iguais, longe dos grandes, adultos, normais. Mas além disso cada um dos contadores obtinha uma glória moral, uma coroa de virtude, por dar piedosamente seu tesouro a um pobre (o que na verdade nem o menino de dez anos no passado nem o menino de dez anos no presente teriam feito). Pode ser que essa interpretação esteja correta, não tenho nada contra. Mas me parece também que a realização do desejo ocorre no campo da imaginação e da brincadeira. Ao menos posso afirmar que na idade de dez anos eu não era nem capitalista nem comerciante de joias e com certeza nunca tinha visto um diamante. Porém já conhecia muitas fábulas dos irmãos Grimm e talvez também já conhecesse *Aladim e sua lâmpada mágica*. A montanha de pedras preciosas era para a criança menos uma noção de riqueza do que um sonho de inimaginável beleza e magia. Também me pareceu estranho o fato de que no meu conto não aparecia Deus, embora para mim ele provavelmente fosse mais óbvio e mais real que para meu neto, que tinha ficado curioso sobre ele apenas "na escola".

Pena que a vida seja tão curta e tão sobrecarregada de obrigações e tarefas atuais, supostamente importantes e ineludíveis; às vezes mal ousamos deixar a cama de manhã, porque sabemos que a grande escrivaninha ainda está lotada de coisas não resolvidas e durante o dia o correio ainda vai duplicar a pilha de correspondências. Senão ainda haveria pontos divertidos e de reflexão em relação aos dois manuscritos infantis. Eu acharia, por exemplo, extremamente interessante analisar o estilo e a sintaxe dos dois ensaios. Mas nossa vida afinal não é longa o bastante para brincadeiras desse tipo. Nem seria indicado eventualmente influenciar com análise e crítica o desenvolvimento de um autor sessenta e três anos mais jovem, quer por elogio ou censura. Pois desse jovem ainda pode resultar alguma coisa, do velho não.

Folha murcha

Cada flor quer virar fruta,
Cada manhã quer virar tarde,
Na terra nada é eternidade
Além da mudança e da fuga.

Mesmo o mais belo verão deseja
Sentir-se outono um dia e murchar.
Confie, folha, tranquila e deixa
Quando o vento quiser te levar.

Jogue seu jogo, não vá resistir,
Deixe apenas que tudo se faça.
Deixe que o vento que te partir
Te sopre de volta para casa.

Sobre a velhice

A idade dos cabelos brancos é uma etapa da nossa vida e possui, como todas as demais, um rosto próprio, uma atmosfera e temperatura, alegrias e dificuldades próprias. Nós, velhos de cabelos brancos, temos, assim como todos os nossos irmãos humanos, uma tarefa que dá sentido à nossa vida. E mesmo um doente terminal e moribundo, a quem nem mesmo uma última ligação deste mundo alcançará, possui sua tarefa e coisas importantes e necessárias a cumprir. Ser velho é uma tarefa tão bela e sagrada quanto ser jovem, quanto aprender a morrer. E morrer é uma função tão valiosa quanto qualquer outra — desde que cumprida com respeito pelo sentido e sacralidade de toda a vida. Um velho que odeia e teme o envelhecimento, os cabelos brancos e a proximidade da morte não é um representante digno de sua fase da vida, assim como uma pessoa jovem e forte que odeia sua profissão e seu trabalho diário e procura fugir deles.

Em suma: para cumprir um significado enquanto velho e fazer justiça à sua tarefa é preciso aceitar a velhice e tudo o que ela traz, é preciso dizer sim a tudo isso. Sem esse sim, essa entrega ao que a natureza exige de nós, perdemos o valor e sentido de nossos dias — quer sejamos velhos ou jovens — e traímos a vida.

Todos sabem que a velhice traz dificuldades e que no seu final está a morte. É preciso ano após ano fazer sacrifícios e renúncias. É preciso aprender a desconfiar de seus sentidos e forças. O caminho, que ainda há pouco era um pequeno passeio, torna-se longo e difícil, até o dia em que não o podemos mais trilhar. Temos de renunciar às comidas que sempre gostamos tanto de comer. Os prazeres e deleites físicos se tornam mais raros e custam cada vez mais caro. E depois, todas as fragilidades e doenças, o enfraquecimento dos sentidos, dos órgãos, as muitas dores, nas noites muitas vezes longas e cheias de temor — tudo isso não pode ser negado, é a amarga realidade. Mas seria limitado e negativo ocupar-se unicamente desse processo de deterioração sem ver que também a velhice tem suas coisas boas, suas vantagens, fontes de consolo e alegrias.

Quando dois velhos se encontram, não deveriam falar apenas da maldita gota, dos membros rígidos e da falta de ar ao subir escadas, não deveriam trocar apenas aborrecimentos e dores, mas também suas vivências e experiências mais confortantes. E há muitas delas.

Se lembro esse lado belo e positivo da vida dos velhos e que nós de cabeça branca também conhecemos fontes de energia, de paciência e de alegria que não são relevantes na vida dos jovens, não cabe a mim falar dos confortos da religião e da igreja. Isso é assunto para sacerdotes. Mas posso elencar com gratidão algumas das dádivas que a velhice nos concede. Para mim, a mais preciosa delas é o tesouro em imagens que trazemos na memória depois de uma vida longa e que, com a diminuição da atividade, contemplamos como nunca antes. Figuras e rostos humanos que já desapareceram da face da Terra há sessenta ou setenta anos continuam vivos em nós, são nossos, nos fazem companhia, nos contemplam de dentro de olhos vivos. Casas, jardins, cidades que desapareceram ou que ora estão completamente diferentes, vemos como eram antes, montanhas distantes e costas de mar que vimos décadas atrás, em viagens, permanecem coloridos e frescos nos nossos álbuns da memória. O olhar, a observação, a contemplação tornam-se cada vez mais hábito e exercício, o ânimo e a postura de quem contemplamos perpassam imperceptivelmente todo o nosso comportamento. Somos perseguidos por desejos, sonhos, cobiças, paixões, como a maioria das pessoas, pelos anos e décadas de nossa vida, impacientes, tensos, cheios de expectativas, afetados intensamente por realizações ou decepções — e hoje, no grande álbum de imagens de nossa própria vida, que folheamos com cuidado, nos admiramos em ver como pode ser bonito e positivo ter escapado daquela perseguição, da ânsia e ter chegado à *vita contemplativa*.

Aqui, neste jardim dos anciãos, vicejam muitas flores que antigamente mal pensaríamos em cultivar. A flor da paciência, uma espécie nobre que nos torna mais tranquilos, compreensivos. E quanto menor nosso desejo de intervir e agir, tanto maior se torna nossa capacidade de contemplar e escutar a vida da natureza e a vida dos outros, sem críticas e com sempre renovado assombro pela sua multiplicidade, que deixamos passar por nós, às vezes com empatia e silenciosa compaixão, às vezes com risos, com alegria leve, com humor.

Recentemente eu estava parado em meu jardim, acendi uma fogueira e a alimentei com galhos e ramos secos. Então chegou uma velhinha, de uns oitenta anos, passou ao longo da sebe de espinheiro-branco, parou e ficou me olhando. Cumprimentei, ela riu disse:

— Faz muito bem com esse seu foguinho. Na nossa idade, temos de começar a nos acostumar com o inferno.

Esse comentário deu o tom de uma conversa em que nos queixamos mutuamente de vários sofrimentos e renúncias, mas sempre em tom de brincadeira. No fim de nosso diálogo concordamos que, apesar de tudo, ainda não éramos tão terrivelmente velhos que não podíamos passar por anciãos enquanto no nosso vilarejo vivesse a nossa vizinha mais velha, centenária.

Quando pessoas muito jovens, com a superioridade de sua força e sua falta de noção, riem pelas nossas costas, achando graça na nossa dificuldade de locomoção, nossos poucos cabelos brancos e nossos pescoços enrugados, nos recordamos como outrora, de posse da mesma força e falta de noção, também rimos. E não nos sentimos derrotados ou inferiores, mas nos alegramos por termos saído daquela fase da vida, nos tornando um pouco mais sábios e tolerantes.

Fim de agosto

UMA VEZ MAIS, EMBORA JÁ desenganado,
Recobra suas forças o verão;
Se intensifica em cada dia encurtado,
Em sóis que ardem na limpa imensidão.

Como alguém que, ao final de seus esforços,
Após decepções várias já resignado,
Resolve tentar um salto mais ousado,
Confiando às ondas sua vida, seus ossos.

Seja um amor que ganha com seu desperdício,
Seja uma obra tardia dessa vontade o estopim,
Em suas ações ressoam fundo, e em seu vício,
A noção outonalmente clara em torno do fim.

A IDADE TRAZ MUITAS DIFICULDADES; mas ela possui também suas dádivas de misericórdia. Uma delas é a camada de proteção oferecida pelo esquecimento, pelo cansaço, pela entrega, que cresce entre nós e nossos problemas. Ela pode ser constituída por lentidão, esclerose, uma indiferença bruta, mas pode também, se contemplada diferentemente por um momento, ser tranquilidade, paciência, humor, alta sabedoria e *Tao*.

A IDADE NOS AJUDA A superar muita coisa e se um velho sacode a cabeça ou murmura algumas palavras, alguns veem nisso sabedoria iluminada, enquanto outros veem simplesmente esclerose; e se sua postura para com o mundo resulta de experiência e sabedoria ou tão somente de problemas circulatórios, isso não é analisado nem pelo próprio velho.

QUE OS JOVENS GOSTEM DE se mostrar e possam ousar fazer coisas que os velhos nunca conseguiriam, não é afinal insuportável. A coisa só fica grave no momento infeliz em que o velho, o frágil, o conservador, o calvo, preso à moda antiga, relaciona isso a si pessoalmente e diz: Com certeza só fazem isso para me incomodar! A partir desse momento a coisa fica insuportável e quem pensa assim está perdido.

EU SOU VELHO E GOSTO da juventude, mas teria de mentir se dissesse que ela me interessa intensamente. Para os velhos, sobretudo em tempos de tal provação como agora, só há *uma* pergunta interessante: indagar pelo espírito, pela fé, pela forma de significado e devoção que se preservam, que estão à altura do sofrimento e da morte. Estar à altura do sofrimento e da morte é a missão da idade. Ficar entusiasmado, seguir tendências, se animar são estados de ânimo da juventude. As duas podem ser amigas, mas falam línguas diferentes.

A HISTÓRIA DO MUNDO É feita essencialmente por primitivos e jovens que promovem o avançar e o acelerar no sentido da frase um tanto teatral de Nietzsche: "O que já está caindo deve ser empurrado para baixo". (Ele, altamente sensível, nunca teria conseguido dar esse empurrão em uma pessoa velha, doente ou em um animal.) Mas, para que a História também preserve ilhas de paz e permaneça suportável, é necessário um pouco de atraso e conservação, como uma força contrária. Cabe aos velhos e cultos desempenhar essa função. Ainda que o ser humano que concebemos e desejamos possa trilhar caminhos diferentes dos nossos e evoluir para besta ou formiga, continua sendo nossa tarefa ajudar a tornar esse processo o mais lento possível. Inconscientemente, até as forças militantes no mundo permitem a existência dessa tendência contraditória na medida em que cultivam — mesmo que risivelmente —, ao lado de seus armamentos e alto-falantes de propaganda, a indústria cultural.

PATHOS É ALGO BONITO E muitas vezes combina perfeitamente com pessoas jovens. Em pessoas mais velhas fica melhor o humor, o sorriso, não levar as coisas tão a sério, a transformação do mundo em um quadro, a contemplação das coisas como se fossem efêmeras formações de nuvens ao entardecer.

Ao envelhecer

FÁCIL É SER JOVEM, FAZER o bem,
Manter-se longe de tudo vulgar;
Mas sorrir quando o pulso não vem,
Essa é uma lição a se tomar.

E quem a aprende, velho não é,
Arde claro ainda seu braseiro
E pode de próprios punhos até
Dobrar os polos do mundo inteiro.

Se à nossa espreita a morte vemos,
Nem por isso nós vamos parar.
Indo ao seu encontro devemos
Nós mesmos tentá-la espantar.

A morte não está aqui ou acolá,
Está em todo caminho escondida.
Em mim e em ti ela sempre estará
Toda vez que trairmos a vida.

Harmonia de movimento e sossego

PARA A MAIOR PARTE DOS velhos, a primavera não é um tempo bom, e ela também me ataca fortemente. Os pozinhos e injeções ajudam pouco; as dores vicejam como as flores no campo, as noites ficam difíceis de superar. Mesmo assim, quase todos os dias traziam intervalos de esquecimento e entrega ao milagre da primavera durante as horas em que eu podia estar ao ar livre. Eram por vezes instantes de encantamento e revelação que valeria a pena preservar, se houvesse como fazê-lo, se esses milagres e revelações pudessem ser descritos e transmitidos. Eles chegam de surpresa, duram segundos ou minutos, essas experiências em que um acontecimento na vida da natureza nos fascina e se revela a nós. E, quando somos velhos o bastante, sentimos que toda a nossa longa vida, com suas alegrias e dores, com amores e aprendizado, amizades, amantes, livros, música, viagens e trabalho, nada tivesse sido senão um longo desvio rumo à maturação desses momentos em que na imagem de uma paisagem, de uma árvore, de um rosto, de uma flor, Deus se mostra, o sentido e valor de toda a existência e toda ação se revela. E de fato: se vivemos, nos anos de juventude, a visão de uma árvore florindo, de uma formação de nuvens, de uma tempestade com mais intensidade e ardor, para a vivência a que me refiro é necessário se ter uma idade avançada, é preciso uma soma infinita de coisas vistas, experienciadas, pensadas, sentidas, sofridas. É preciso uma certa diluição dos impulsos vitais, certa fragilidade e proximidade da morte para se perceber, numa pequena revelação da natureza, Deus, o espírito, o segredo, a conjunção dos contrastes, a grande singularidade. Jovens também podem sentir isso, com certeza, porém mais raramente e sem a unidade de sentimento e pensamento, de sensorial e espiritual, de encanto e consciência.

Ainda durante nossa primavera seca, antes de chegarem as chuvas e a série de dias tempestuosos, eu muitas vezes ficava na parte do meu vinhedo onde, nesse período, faço uma fogueira numa parte do solo não lavrada. Lá há anos cresceu uma faia na sebe de espinheiro-branco que circunda o jardim. No começo era um pequeno arbusto que veio da floresta em sementes voadoras. Por vários anos deixei-a ali apenas provisoriamente e um pouco a contragosto, tinha pena do espinheiro-branco. Mas depois, a pequena faia de inverno, perseverante, cresceu e ficou tão bonita que a adotei definitivamente. Agora já é uma arvorezinha bem grossa que passei a amar ainda mais depois que a velha e poderosa faia, que era minha árvore predileta em toda a floresta vizinha, foi derrubada recentemente. Partes de seu tronco serrado ainda jazem por ali, pesadas e poderosas como a base de colunas. Minha arvorezinha provavelmente é filha daquela faia.

Sempre me alegrou e me impressionou a persistência com que minha pequena faia segura suas folhas. Quando todas as árvores já estão calvas, ela ainda está vestida com suas folhas murchas durante dezembro, janeiro e fevereiro. Tempestades a assolam, neve cai sobre ela e derrete outra vez, as folhas secas, no começo de um castanho-escuro, ficam cada vez mais claras, finas, sedosas, mas a árvore não as solta, elas precisam proteger os botões novos. Então, em algum momento em cada primavera e cada vez mais tarde do que o esperado, a árvore um belo dia aparecia mudada, tinha perdido a folhagem velha e em seu lugar deixado brotar botões novos, delicados, umedecidos... Certa vez fui testemunha dessa transformação. Foi logo depois que a chuva tinha deixado a paisagem verde e fresca, uma hora pela tarde em meados de abril. Naquele ano, eu ainda não tinha ouvido nenhum cuco nem visto narcisos no campo. Ainda poucos dias antes eu estava ali sob um forte vento norte, tremendo de frio, levantando a gola do casaco, e observava com admiração a faia postada indiferente ao vento, mal cedendo uma folhinha; resistente e valente, firme e obstinada, ela segurava sua folhagem velha e desbotada.

Eis que hoje, enquanto num calor suave e sem vento eu partia lenha junto ao fogo, vi acontecer: um vento doce e leve se levantou, uma respiração apenas, e as folhas mantidas por tanto tempo voaram às centenas ou milhares, silenciosas, leves, voluntárias, cansadas de sua perseverança, cansadas de sua obstinação e valentia. Aquilo que se agarrara e resistira ao vento durante cinco, seis meses, tombou em poucos minutos diante de um nada, de um sopro, porque tinha chegado o momento, porque a resistência ferrenha não era mais necessária. Voaram e se espalharam sorrindo, maduras, sem batalha. O ventinho era fraco demais para carregar as folhas, agora pequenas e leves, para longe. Como uma chuva fina elas caíram cobrindo o caminho e a grama ao pé da arvorezinha, em que alguns poucos botões já tinham desabrochado e ficado verdes. O que tinha se revelado a mim nesse espetáculo surpreendente e tocante? Teria sido a morte, a morte da folhagem empreendida de modo fácil e voluntário? Teria sido a vida, a juventude imponente e jubilosa dos brotos, que tinham criado espaço para si com um desejo despertado subitamente? Era triste, era alegre? Era um aviso para mim, o ancião, de também me deixar tremular e cair, um aviso de que eu talvez tomasse o lugar de jovens e mais fortes? Ou era um chamado para resistir como as folhas da faia, ficar firme nas minhas pernas por mais tempo possível, me preparar e me defender, porque assim, no momento certo, a despedida seria mais fácil e mais alegre? Não, era, como qualquer visão, o visibilizar-se do Grande e Eterno, a coincidência dos contrários, sua fusão no fogo da realidade. Não significava nada, não alertava para nada, na verdade significava tudo, significava o segredo do ser, e era belo, era felicidade, era sentido, era presente e um achado para o observador, como um ouvido fica preenchido de Bach, um olho preenchido de Cézanne. Esses nomes e significados não eram a experiência, eles vinham só depois, a própria vivência era apenas aparição, milagre, mistério, tão lindo quanto sério, tão sublime quanto implacável.

No mesmo lugar, na sebe de espinheiro-branco e perto da faia, depois de o mundo já ter se tornado verde e seivoso e o primeiro chamado do cuco ter soado em nossa floresta no Domingo de Páscoa, num daqueles dias de tempestade, úmidos e mornos, de tempo instável e ventanias que já preparavam o salto da primavera para o verão, o grande mistério falou comigo por meio de uma experiência visual não menos alegórica. No céu pesado de nuvens, que não obstante ainda lançava olhares solares ofuscantes no verde germinante do vale, formou-se um grande teatro de nuvens. O vento parecia soprar ao mesmo tempo de todos os lados, mas a direção sul-norte predominava. Inquietação e paixão enchiam a atmosfera com tensões fortes. E no meio desse espetáculo, de repente se impondo ao meu olhar, estava de novo uma árvore, jovem e bela, um álamo com folhagem ainda fresca no jardim vizinho. Ele era como um foguete, balançando ao vento elástico, com o topo pontudo. Nas breves pausas do vento era fechado como um cipreste, com vento mais forte gesticulava com centenas de finos galhinhos levemente raiados em direções diferentes. De um lado para outro balançava o topo dessa árvore magnífica com brilhos suaves das folhagens farfalhantes, contente de sua força e juventude verde, seu pendular suave era como o ponteiro de uma balança, ora cedendo como numa provocação amorosa, ora recuando caprichoso (apenas muito mais tarde me lembrei de que certa vez, há décadas, eu observara esse mesmo jogo de sentidos em aberto num ramo de pessegueiro e o reproduzira no poema *Der Blütenzweig* [O ramo florido].

Alegre e destemido, leviano até, o álamo entregava ramos e folhagens ao vento úmido que começava a ficar forte, e o que ele cantava naquele dia de tempestade e o que escrevia no céu com sua copa pontuda era lindo, era perfeito, era tão sério quanto alegre, tanto agir quanto sofrer, tanto jogo quanto destino, continha assim todos os contrários e opostos. Não era o vento que era vencedor e forte por conseguir sacudir e dobrar a árvore nem era a árvore a vitoriosa e forte por lograr retornar, elástica e triunfante, de qualquer curvatura, era um jogo dos dois, harmonia entre movimento e inércia, de forças celestiais e terrenas: a dança da copa do álamo na tempestade, infinitamente rica em gestos, agora era apenas imagem, apenas revelação do mistério do planeta, estava além de forte ou fraco, além do bom ou mau, do agir ou sofrer. Li nele, por alguns breves instantes, por uma breve eternidade, a representação perfeita do que normalmente está oculto e secreto, de forma mais pura e perfeita do que se lesse Anaxágoras ou Lao Tse. E aqui também, mais uma vez, me pareceu que para ver essas imagens e ler essa escritura era necessário não apenas a dádiva de uma hora de primavera, mas também dos caminhos e descaminhos, loucuras e experiências, prazeres e dores de muitos anos e décadas. E senti o querido álamo que me proporcionava esse espetáculo, como um menino inexperiente e imaturo. Muitas geadas e nevascas ainda teriam de açoitá-lo, muitas tempestades sacudi-lo, muitos raios atingi-lo e feri-lo até que talvez ele também se tornasse capaz de ver e ouvir e ansiar pelo grande mistério.

Outono antecipado

Já é intenso o aroma das folhagens tombadas,
Campos lavrados estão vazios, sem moldura;
Sentimos o tempo: uma das próximas viradas
Pode causar no verão fatigado fatal fratura.

As sementes de giesta já cumprem seu fado.
Tudo isso que agora nos parece ordinário
Em breve parecerá longínquo e lendário,
Cada flor parecerá ter se enganado.

Crescem na alma um desejo e um temor:
Que ela não se agarre demasiado à existência,
Que viva como as árvores sua decadência,
Que não faltem ao seu outono festa e cor.

Envelhecer de maneira humanamente digna e numa postura ou sabedoria conveniente à nossa idade é uma arte difícil; em geral a alma está ou à frente ou atrás em relação ao corpo e uma das formas de se corrigir essas diferenças são abalos da sensação interna de vida, aquele tremor e temor nas raízes que sempre nos assaltam a cada mudança brusca ou doença mais séria. Tenho para mim que frente a esses abalos podemos nos sentir pequenos, como crianças que, após um grande choque na vida, reencontram mais facilmente seu equilíbrio chorando e sendo frágeis.

A VERDADE É UM IDEAL tipicamente *juvenil*, o amor, ao contrário, é um ideal da maturidade, daqueles que se esforçam em estar prontos para decair e morrer. Nas pessoas racionais, o fascínio pela verdade só cessa quando percebem que os seres humanos são extremamente mal preparados para reconhecer verdades objetivas, de modo que a busca pela verdade não pode ser a verdadeira atividade essencialmente humana. Mesmo aqueles que nunca chegam a entender isso passam pelo mesmo revés no curso de sua experiência inconsciente. Ser dono da verdade, ter razão, saber, conseguir distinguir perfeitamente o bem do mal e, como consequência, poder julgar, punir, condenar, fazer guerra — isso tudo é juvenil e combina bem com a juventude. Se ao envelhecermos ficarmos presos nesses ideais, perderemos a já frágil capacidade que nós humanos temos de "despertar", de pressentir a verdade para além do humano.

MINHA VIDA, COMO ME PROPUS, deveria ser um transcender, um avançar de etapa em etapa, atravessar e deixar para trás um espaço após o outro, como uma música supera tema após tema, compasso após compasso, termina-os e segue adiante, jamais cansada, jamais letárgica, sempre desperta, sempre completamente presente. Em relação às experiências de despertar eu tinha percebido que existem esses degraus e espaços e que o último período de um trecho de vida sempre traz em si um matiz de desbotamento e vontade de morrer, que depois se transforma em um novo espaço, em despertar e um novo recomeço.

Degraus

Como cada flor e cada juventude fenecem
E cedem ao envelhecer, cada degrau da vida,
Cada sabedoria e cada virtude florescem
Em seu tempo e não devem ser eternas.
Pronto, já a cada chamado, para a despedida
Deve estar o coração, para um novo dia,
Para entregar-se sem langor e sem
Tristeza a novas relações que tiver.
Em cada começo habita uma magia,
Que nos protege e nos ajuda a viver.

Espaço após espaço devemos avançar
Sem a nenhum ficarmos presos como a um ninho,
O espírito do mundo quer mostrar-nos um caminho
Para nos elevar e ampliar a cada etapa, não parar.

Mal vira costume uma fase da vida, mal
Vira rotina e corremos o risco de nos acomodar.
Só poderá fugir da paralisia do hábito, do usual

Quem estiver disposto a partir, a viajar.
Talvez até mesmo a hora extrema ainda
Nos envie um espaço novo, jovem.
O chamar da vida por nós nunca finda...
Então, coração, vem, se despeça e fique bem!

Parábola chinesa

Um ancião chamado Chunglang, o que quer dizer "mestre Rochedo", possuía uma pequena propriedade nas montanhas. Certo dia aconteceu de ele perder um de seus cavalos. Então vieram os vizinhos para lhe prestar solidariedade nessa desgraça.

Mas o velho perguntou:

— Como sabem que é uma desgraça?

E eis que, alguns dias depois, o cavalo voltou trazendo consigo uma manada de cavalos selvagens. Mais uma vez vieram os vizinhos querendo parabenizá-lo por esse golpe de sorte.

O velho da montanha porém retrucou:

— Como sabem que foi um golpe de sorte?

Como havia tantos cavalos disponíveis, o filho do velho começou a gostar de montar e certo dia quebrou a perna. Então vieram de novo os vizinhos manifestar sua solidariedade. E, mais uma vez, o velho lhes disse:

— Como sabem que é uma desgraça?

No ano seguinte apareceu nas montanhas a comissão das "Longas Lanças" que recrutavam homens fortes para o Imperador, para servirem como carregadores de liteira. O filho do velho, ainda com a perna machucada, foi poupado.

Com isso, Chunglang sorriu.

O ancião e suas mãos

Com grande esforço ele avança
Pelo trecho de sua noite extensa.
E espera, escuta e pensa.
À sua frente, cada mão descansa,
Esquerda, direita, adormecidas,
Pela dura servidão endurecidas.
E ri com diligência,
Para não acordá-las, de forma contida.

Trabalharam com menos desprazer
Do que a maioria
Sequer trabalharia.
E muito ainda poderiam fazer,
Mas esse obedientes servos só
Querem repousar, retornar ao pó.
De tanta dureza e servidão,
Se exauriram e aos poucos murcharão.

Com cuidado, para não as despertar,
O senhor sorri de forma enternecida.
Todo o curso de uma longa vida

Parece breve agora, mas que longo o andar
De uma só jornada... E mãos infantis,
Mãos juvenis, mãos viris,
Anseiam pela noite, por um fim, um triz,
Uma despedida.

É JUSTIFICÁVEL QUE PARA OS jovens sua própria existência, sua busca e sofrimentos tenham uma grande importância. Para quem envelheceu, a busca foi um descaminho e a vida falhou se não tiver encontrado nada objetivo, nada superior a si e suas preocupações, nada incondicional ou divino para venerar, a cujo serviço se colocasse e cujo serviço seria a única coisa a dar sentido a sua vida...

A necessidade da juventude é: conseguir levar-se a sério. A necessidade da velhice é: poder se sacrificar porque acima dela paira algo que ela leva a sério. Não gosto de formular dogmas, mas acredito realmente nisto: uma vida espiritual tem de transcorrer e jogar entre esses dois polos. Pois tarefa, anseio e dever da juventude é o tornar-se e a tarefa do ser humano maduro é o entregar-se, ou, como diziam outrora os místicos alemães, o "destornar-se" [*das "Entwerden"*]. É preciso primeiramente ter se tornado um ser humano completo, uma personalidade verdadeira e ter sofrido as dores dessa individuação, para se poder sacrificar sua personalidade.

PENSAR NA MORTE TEM SEU lado consolador. Creio que quanto menor ficar nossa vitalidade, tanto menor é também o medo da vida. Quanto mais próxima e certa se sabe a morte, tanto menos precisamos convocá-la. Ela nos aguarda, junto com aqueles que nos precederam.

Contra a morte não preciso de arma, porque não existe morte. Mas uma coisa existe: o medo da morte. Ele se pode curar, contra ele existe uma arma.

Irmã Morte

Também para mim virás um dia,
Não irás de mim te esquecer.
Terminará assim o que me angustia
Como uma corrente a se romper.

Ainda pareces distante e estranha,
Morte minha, irmã, amada,
Estrela fria que acompanha
A aflição dessa jornada.

Mas um dia hás de chegar
E virás cheia de ardor —
Estarei a te esperar,
Querida: toma-me, teu sou.

Este livro foi composto na tipografia
Palatino LT Std, em corpo 11,5/17, e impresso em
papel off-white no Sistema Digital Instant Duplex
da Divisão Gráfica da Distribuidora Record.